dtv

Reinhard, ein promovierter Mittvierziger ohne Perspektive, hangelt sich von einem Gelegenheitsjob zum nächsten: Mal mixt er Drinks hinter der Bar, dann wieder heuert er als Redakteur eines Anzeigenblättchens an. Seine wahre Berufung sieht er in seinem Dasein als Überwinder. Er hilft anderen – vorzugsweise alleinstehenden Damen –, »ihre zuweilen aufdringlichen oder dümmlichen Erlebnisse schneller als gewohnt zu vergessen«. Er selbst überwindet jedoch nicht und hat sich in der Dauerschieflage seines Lebens eingerichtet. Sonja, Finanzbeamtin und die Frau an seiner Seite, geht es zunehmend gegen den Strich, dass Reinhard sich immer weiter ins gesellschaftliche Abseits manövriert. Mit heiterer Lakonie und bestechender Genauigkeit erkundet Wilhelm Genazino den schmalen Grat zwischen Eigenbrötelei und Absturz.

Wilhelm Genazino, 1943 in Mannheim geboren, arbeitete zunächst als Journalist, später als Redakteur und Hörspielautor. Als Romanautor wurde er 1977 mit seiner ›Abschaffel‹-Trilogie bekannt und gehört seitdem zu den wichtigsten deutschen Gegenwartsautoren. Für sein umfangreiches Werk wurde er mit zahlreichen Preisen geehrt, unter anderem mit dem Großen Literaturpreis der Bayerischen Akademie der Schönen Künste, dem Georg-Büchner-Preis und dem Kleist-Preis. 2011 wurde Genazino in die Akademie der Künste gewählt. Wilhelm Genazino lebt in Frankfurt am Main.

Wilhelm Genazino

Bei Regen im Saal

Roman

dtv

Von Wilhelm Genazino sind bei dtv außerdem erschienen:
Abschaffel (13028)
Ein Regenschirm für diesen Tag (13072)
Eine Frau, eine Wohnung, ein Roman (13311)
Die Ausschweifung (13313)
Fremde Kämpfe (13314)
Die Obdachlosigkeit der Fische (13315)
Achtung Baustelle (13408)
Die Liebesblödigkeit (13540 und 25284)
Der gedehnte Blick (13608)
Mittelmäßiges Heimweh (13724)
Das Glück in glücksfernen Zeiten (13950)
Die Liebe zur Einfalt (14076)
Aus der Ferne/Auf der Kippe (14126)
Wenn wir Tiere wären (14242)
Leise singende Frauen (14292)
Idyllen in der Halbnatur (14328)
Tarzan am Main (14366)

FSC www.fsc.org
MIX
Papier aus verantwortungsvollen Quellen
FSC® C019821

2015 dtv Verlagsgesellschaft mbH & Co. KG, München
Lizenzausgabe mit Genehmigung des Carl Hanser Verlag

Umschlaggestaltung: Wildes Blut, Atelier für Gestaltung,
Stephanie Weischer unter Verwendung eines Fotos von
gettyimages/Jennifer Hardt, Sweethardt Photography
Gesamtherstellung: Druckerei C.H.Beck, Nördlingen
(Satz nach einer Vorlage des Carl Hanser Verlag)
Gedruckt auf säurefreiem, chlorfrei gebleichtem Papier
Printed in Germany · ISBN 978-3-423-14466-7

I

Ich wollte schnell zum Buffet, ein Glas Wein verlangen und mich dann in eine stille Ecke des Foyers verdrücken. Sogar hier, im Theater, fühlte ich meine Unruhe. Mein derzeit größter Wunsch war: Ich wollte einmal einen einfältigen Tag durchleben. Am liebsten wollte ich damit sofort beginnen. Der Wein kostete fünf Euro, ich reichte der Frau das Geld passend über die Theke. Ich stand in der Nähe einer hohen Glaswand und schaute auf die Straße hinunter. Obwohl ich mir die Hände gewaschen hatte, roch ich an meinen Fingern immer noch den Gummigeruch der Rolltreppenhandläufe. Der Geruch störte mich, aber ich wollte nicht noch einmal in die Toilette. Ich wollte über nichts nachdenken, machte mir aber trotzdem Gedanken, warum mir Gelassenheit manchmal gelang und manchmal nicht. Auf der Straße war kaum Verkehr. Ich war nicht sicher, ob ich nach dem Theater gleich nach Hause gehen würde. Das Theaterstück handelte von einer jungen Frau, die sich einbildete, sie sei eine Antilope geworden und werde demnächst als Antilope in einem Wald leben. Jetzt wollte die Frau ihre Freundin überreden, ebenfalls Antilope zu werden. Dann sollte die Freundin mit ihr in den Wald übersiedeln. Obwohl das Stück anregend und unterhaltsam war, empfand ich ein kleines Unbehagen. Es kam mir so vor, als hätte ich das Stück schon vor Jahren gesehen, was nicht der Fall war. Wahrscheinlich war ich mit vielen solcher Traumstücke vertraut, in denen verzweifelte Menschen das Unmögliche suchen und es nicht finden. Ich schaute immer noch auf die leere Straße hinunter und sagte mir: Man muss dort suchen, wo nichts geschieht. Nicht weit von mir wandelte eine blonde Frau mit einem Sektglas in der Hand. Ich kannte die Frau ein wenig und wunderte mich, sie im Theater anzutreffen. Sie arbeitete in der Bankfiliale, in der ich mein Konto hatte. Die Frau behandelte mich zuvorkommend und freundlich, obgleich sie mir stets unruhig und gehetzt erschien. Wahrscheinlich ähnelte sie mir, und es war mir unangenehm, die Ähnlichkeit zu bemerken. Offenbar war auch sie im Theater, weil sie hier ungestört ihre Zeit verbringen konnte. Vor etwa vierzehn Tagen war in der Bank ein etwa dreißigjähriger Mann vor mir an der Reihe. Die Bankfrau füllte für den Mann ein Auszahlungsformular aus und sagte kurz darauf ein wenig zu laut in den Schalterraum hinein: Ach so, Sie sind Analphabet. Der Mann nickte und sagte nichts. Sie schob ihm das Formular hin, und ich sah, wie der Mann dort, wo er hätte unterschreiben müssen, eine kurze Wellenlinie zog.

Ich hatte noch nie einen Analphabeten gesehen. Als er die Filiale verließ, ging ich eine Weile hinter ihm her. Von Zeit zu Zeit sagte ich mir: Schau, so sieht ein Analphabet aus. Ich brauchte eine Weile, bis ich mir eingestand, dass der Mann genauso aussah wie alle anderen auch. Der Wein war nicht besonders gut. Durch die Lichtreflexe der hohen Glaswände konnte ich weite Teile des Foyers überblicken. Die Frau aus der Bank hatte ich aus dem Blick verloren. Wenn ich ihr direkt begegnet wäre, wäre ich vermutlich versucht gewesen, mit ihr über das Theaterstück zu reden. So aber konnte ich unbehelligt mit mir selber herumempfindeln, ob ich schon nach dem Ende der Pause nach Hause gehen sollte oder nicht. Ich fand es nicht in Ordnung, dass ich vielleicht nicht mehr fähig war, ein Theaterstück bis zum Ende anzuschauen. Es war möglich, dass ich eine gewisse Unlust vor dem Wochenende empfand. Morgen war Freitag, und das bedeutete, dass ich früh zum Bahnhof eilte, um nach Karlsruhe zu fahren. Dort betrieb meine Tante Elli ein Schreibwarengeschäft. Tante Elli war die einzige Schwester meiner toten Mutter. Vor etwa einem halben Jahr hatte sie mich angerufen und gefragt, ob ich nicht an Wochenenden gelegentlich nach Karlsruhe fahren und ihr im Geschäft aushelfen könne. Meine praktisch veranlagte Freundin Sonja riet mir sofort zu. Schaden kann es nichts, sagte sie, was auch meine Mutter oft gesagt hatte. Es irritierte mich, wenn ich aus dem Mund von Sonja dieselben Botschaften hörte wie einst von meiner Mutter. Ich hatte eingewilligt, Tante Elli war dankbar. Das Schreibwarengeschäft war eine Art Überbleibsel aus den siebziger und achtziger Jahren. Man konnte bei Tante Elli nach wie vor einen einzelnen Radiergummi, zehn Briefumschläge und dreißig Blatt Schreibmaschinenpapier kaufen. Ich hatte keine Ahnung, ob der Laden noch rentabel und wie hoch der monatliche Umsatz war. Tante Elli redete darüber nicht und ich fragte nicht. Ich hielt es nicht für ausgeschlossen, dass ein plötzlich eintretender Konkurs Tante Ellis Geschäftsleben überraschend beenden würde. Tante Elli hatte das Bedürfnis, mich zu bezahlen, was ich wahrscheinlich nicht deutlich genug ablehnte. Ich ließ mir außerdem die Kosten Frankfurt – Karlsruhe erstatten. Übernachtungskosten fielen nicht an, weil ich die Nacht von Freitag auf Samstag auf einem übriggebliebenen Feldbett in den hinteren Winkeln des Ladens verbrachte. Tante Elli hatte mir angeboten, auf der Couch in ihrem Wohnzimmer zu schlafen.

Aber die Welt der Häkeldeckchen und der Tortenböden und der Nähmaschinenhaube und der Erntebilder an den Wänden ging mir zu nah, was Tante Elli erstaunlicherweise zu verstehen schien.

Soeben läutete zum ersten Mal die Pausenklingel. Ich wusste immer noch nicht, ob ich mir den zweiten Teil des Stücks ansehen sollte oder nicht. In diesen Augenblicken entdeckte ich die Frau aus der Bank wieder. Sie saß allein in einem kleinen Sessel und verzehrte zwei kleine Brotschnitten. Sie kaute schnell, genierte sich aber offenbar nicht. Es verdutzte mich, dass jemand im festlichen Theater mitgebrachte Brote verspeiste. Über die Kränkung des Stilempfindens hinaus erschien mir die Frau souverän und auf ihre Weise unanfechtbar. Schließlich schlurften hier auch viele Jugendliche in Turnschuhen und T-Shirts herum, an denen ebenfalls niemand Anstoß nahm – außer mir vielleicht. Ich war dagegen, dass es nur noch *eine* Welt gab, in der Turnschuhe, Bluejeans und belegte Brote den Ton angaben. Dabei gefiel mir die Bankangestellte immer besser, sie sah jetzt fast aus wie ein Original von Edward Hopper. Die Art, wie sie nahezu reglos in einem Plastiksessel saß, kaute und dabei ihren dunkelgrünen Rock betrachtete, hob sie hervor. Sie war deutlich getrennt von den vielen Handwerker-Ehepaaren, die für einen Theaterabend immer noch ihre besten Sachen anzogen. Es war für mich fast ein Glückserlebnis, wenn in der Wirklichkeit plötzlich ein Kunstbild auftauchte. Es steigerte meine Erfahrung, dass die Frau den Namen Edward Hopper wahrscheinlich nie gehört hatte und von der Kunstähnlichkeit ihres bloßen Dasitzens nichts wusste. Sie faltete das Einwickelpapier der Brote zusammen und verstaute es in den Tiefen ihrer Handtasche.

Aus plötzlicher Dankbarkeit für die Entdeckung des Bildes wollte ich mir jetzt doch den zweiten Teil des Stückes ansehen. Ich wartete, bis die Bankangestellte sich erhob und vor mir in den Zuschauerraum ging. Sie saß nicht einmal weit von mir entfernt. Ich spekulierte, dass sie jetzt, im beginnenden Dunkel, eine weitere Brotschnitte auspackte, aber das geschah nicht. Eine Woche verging, ehe ich die Frau in der Bank wiedersah. Ich war dankbar, dass sie nichts von meinen Erlebnissen mit ihrem Bild wusste. In der Bank sah sie nicht aus wie ein Kunstwerk. Diese erstaunliche Herabsetzung lag vermutlich an der Gesamtschlichtheit der Bankfiliale. Weißes Neonlicht fiel in großen Mengen von der Decke herunter und machte die Leute und die Gegenstände blass. Es gab hier nichts außer ein paar Schreibtischen, Telefonen, Papierkörben, Bildschirmen. Die Gesichter der Angestellten wirkten, als hätten sie schon in ihrer Kindheit gewusst, dass sie sich eines Tages hier treffen würden.

Zwei Tage später kam Sonja. Sie war ein gütiger Mensch und verdiente außerdem gut. Wenn ich mich nicht täuschte (ich täuschte mich nicht), dann liebte sie mich, und wenn ich mich immer noch nicht täuschte (ich täuschte mich immer noch nicht), dann liebte ich sie ebenfalls. Wir hatten uns dessen schon öfter versichert, und jedes Mal freuten wir uns, dass wir unser Geständnis schon kannten. Sonja war Beamtin, sie arbeitete als Bereichsleiterin im Finanzamt II und war inzwischen unkündbar. Sie konnte nur noch aufsteigen, was sie gelegentlich tat. Sie vertrat die mich erstaunende These, dass sie, seit sie mit Leitungsaufgaben im Amt betraut war, immer weniger arbeitete. Auch sie hatte Bildschirme auf dem Schreibtisch, insgesamt vier Stück, hatte sie mir erzählt. Sie war dafür verantwortlich, dass die Arbeit der Behörde reibungslos ablief. Eingreifen musste sie, wenn sie bemerkte, dass in einzelnen Arbeitsbereichen Stockungen entstanden. Ihre Qualifikation bestand darin, sagte sie, dass sie die Behörde vollständig durchschaute. Ihr nicht bloß lustig gemeinter Lieblingssatz war: Mein Herrschaftswissen reicht bis in den Keller des Amtes.

Gemessen an Sonjas Verankerung in der realen Welt gehörte ich eher zu den Problemfällen. Ich hatte ein überlanges Philosophiestudium hinter mir und hatte dann über Kants Apodiktizität promoviert. Von Anfang an hatte ich gewusst, dass meine Promotion (Kant hätte gesagt) nur sittlichen Wert hatte oder, bösartiger formuliert, nichts weiter war als ein biografischer Zierat. Ein bisschen niederschmetternd war, dass ich mich auch darin noch irrte. Die Zeiten, in denen ein Doktortitel die Menschheit beeindruckte, waren lange vorbei. Ich hatte mir tatsächlich vorgestellt, dass ich in der akademischen Welt Karriere machen würde. Über diese Illusion konnte ich heute kaum sprechen, ohne mich zu genieren. Es war möglich, dass meine akademische Naivität einer der Gründe war, warum Sonja mich eines Tages zu lieben begann. Denn ein so schlichter, zuweilen fast schon einfältiger Mensch wie ich musste von einer starken realistischen Frau geliebt werden, damit weitere, größere Irrtümer unterblieben.

Wir hatten ausführlich zu Mittag gegessen, Sonja erzählte mir die neuesten Absurditäten aus ihrer Beamtenwelt. Sie fragte, wie es im Theater gewesen war, ich erzählte ihr von dem Theaterstück und verschwieg, dass ich mich gelangweilt hatte.

Wann gehst du zum Arzt? fragte sie plötzlich.

Mit dieser Frage hatte ich gerade in diesen ganz anderen Augenblicken nicht gerechnet.

Wahrscheinlich am Dienstag, sagte ich.

Hast du einen Termin? Oder nicht?

Ja, sagte ich, ich muss aber noch mal anrufen.

Also du hast keinen Termin? Mein Vater hatte jahrelang Schmerzen in der Brust, aber er ging nicht zum Arzt. Eines Tages hatte er einen Herzinfarkt, dann war es zu spät.

Ich merkte, Sonja war mit meinen Antworten nicht zufrieden, aber sie insistierte nicht. Es war gerade Samstag, und samstagnachmittags legten wir uns gewohnheitsmäßig ins Bett. Manchmal schliefen wir ein, manchmal nicht. Sonja suchte nach einer Wolldecke, woraus ich weiter schließen durfte, dass sie richtig schlafen wollte, aber sicher war auch das nicht. Sonja legte Bluse und Rock ab und griff zärtlich nach mir. Wenn sie, wie in diesen Augenblicken, ihren Kopf in das Kissen senkte, wurde ihr Hals ein wenig dicker, wie damals bei meiner Mutter. Meine Mutter war seinerzeit schon breit und füllig geworden und brauchte eine Weile, bis ihr liegender Körper rundum von den Rändern einer Wolldecke eingefasst war. Ich war damals ungefähr zwölf Jahre alt und schlich um sie herum. Ich bedauerte, dass sie sich nicht mehr von mir helfen ließ wie früher. Sie hatte gesagt, ich sei für das Einschieben des Wolldeckenrands unter ihren Körper inzwischen zu groß, was ich damals nicht verstand. Sonja warf sich die Wolldecke nur locker über den Körper. Ich liebkoste ihren Busen und beobachtete durch die gläserne Balkontür die Amseln. Sie schissen immer wieder in die vordere linke Ecke des Balkons, als hätten sie sich diese Ecke als gemeinsame Toilette auserkoren. Ich lag, auf meinen linken Ellbogen aufgestützt, dicht neben Sonja und schob ihre seitlich abgerutschten Brüste nach oben. Ich sah gern dabei zu, wie die Brüste wieder und wieder herabrutschten, sobald ich meine Hand entfernte. Nach einer Weile begann es zu regnen, und ich hörte das Auftreffen der anfangs schweren Tropfen auf den Blättern der im Garten stehenden Platane. Einmal umkreiste ein Polizeihubschrauber das Wohnviertel, und ich war froh, dass ich die Balkontür nicht geöffnet hatte. Der Hubschrauber galt vermutlich einer Demonstration, die für heute Nachmittag angekündigt war. In der Platane lebten viele Vögel, die durch den Lärm des Hubschraubers aufgeschreckt wurden. Die Gärten waren voneinander nicht mehr richtig getrennt. Die Gartenbesitzer fanden ihre Gärten nicht mehr so wichtig wie früher, sie pflegten sie nur unregelmäßig und gingen auch nicht gegen den allmählichen Verfall der Zäune vor. In den Gärten lebten inzwischen Eichhörnchen, Spechte, Eichelhäher, Krähen, Enten, ein paar Wildgänse und sogar Wiesel. Nein, Wiesel nicht. Die Wiesel erfand ich manchmal, wenn ich das Gefühl hatte, ich müsste übertreiben, damit man mir zuhörte. Was ein Wiesel ist und wie es aussieht, wusste ich nur, weil ich als Zwölfjähriger ganze Nachmittage lang in der Küche das Sanella-Album »Tiere in Wald und Flur« angeschaut hatte. Etwa in der Mitte des Gartens befand sich ein vernachlässigter Teich, an dessen Rändern Enten herumstanden und manchmal auch Wildgänse, die einmal herbeigeflogen waren und nicht mehr verschwanden. Die Gänse nährten sich hier, genau wie die Enten, auf den üppigen Grasflächen. Eine der Gänse, die ein wenig aggressiv war, biss manchmal nach den Enten, ehe sie sich ins Gras niederließ. In den Augenblicken, wenn sie ihren Körper in das Gras einbettete, erinnerte mich das Tier an meine Mutter. Auch sie brauchte sehr lange, um ihre richtige Ruhelage zu finden. Inzwischen war Sonja eingeschlafen. Es war mir klar, dass sie jetzt etwa zwei Stunden schlafen würde, wenn nicht länger. Sie brauchte das Wochenende tatsächlich, um sich von ihrer Arbeit zu erholen. Ich überlegte, ob ich das Bett verlassen und ein wenig spazieren gehen sollte. In der Nähe war ein kleiner Park, in dem sich Karnickel angesiedelt hatten. Ich musste über die Tiere lachen, was ich auch ohne Skrupel tat, obwohl ich mich fast bei jedem Lachen an einen Lehrer erinnerte, der den Kindern einschärfte, dass jedes Lebewesen seine göttliche Würde habe und deswegen nicht ausgelacht werden dürfe. Tiere könnten selbst nicht lachen und wüssten deswegen auch nicht, was das Lachen der Menschen bedeute. Nicht nur das Hoppeln der Karnickel wirkte komisch, sondern mehr noch der bei jedem Schritt nachgezogene Hinterleib. Ich nahm an, es war das scheinbare Auseinanderfallen des Körpers, was das Lachen auslöste.

Aber Sonja schätzte es nicht, wenn sie wie meine Mutter nach etwa zwei Stunden aufwachte und dann allein war. Also blieb ich im Bett und sorgte mich, dass ich diese Duldsamkeit vielleicht nicht für alle Zeit aufbringen würde. Ich knipste mein kleines Radio an und drehte den Ton sehr leise. Ein Sprecher sagte, dass es in den Bergen mildes und trockenes Wetter geben werde. Welche Berge? fragte ich mich tonlos. Ich kannte keine Berge, hier war alles flach, aber es musste irgendwo Berge geben. Sonja schimpfte mich manchmal wegen meines kleinen Radios. Ich wundere mich, dass du so ein kleines quietschendes Ding hast, sagte sie; Bauarbeiter auf den Gerüsten haben solche Radios, weißt du das nicht? Ich ging auf derlei Vorhaltungen nicht ein. Ich hielt es für ein gutes Zeichen, dass mich Sonja an meine Mutter erinnerte, was ich ihr nicht sagte. Ich fürchtete, es würde ihr nicht gefallen, jetzt schon meiner üppigen Mutter zu ähneln.

Nur weil Sonja es heftig wünschte, ging ich zum Arzt. Gleich zu Beginn stieß mir ein Missgeschick zu. Die Ärztin hatte angeordnet, dass ein EKG gemacht werden müsse, und beauftragte damit die Arzthelferin Marion, eine gutaussehende, wohlgeformte Frau, die mich in einen Nebenraum bat. Sie sagte, ich solle einen Ärmel meines Hemdes hochschieben, dann setzte sie sich mir gegenüber und sagte, ich solle den Arm strecken und eine Faust machen. Im Augenblick, als Marion die Kanüle ansetzte, schloss ich schreckhaft die Finger zu einer Faust zusammen, was nicht gelang, weil ich in der Hand plötzlich die rechte Brust beziehungsweise den BH von Marion fühlte, ein vermutlich seidenes Säckchen, welches das Zucken meiner Finger sofort an Marions Körper weiterleitete. Marion schien nicht zu bemerken, dass ihre rechte Brust momentweise in einer fremden Hand lag. Ich guckte leer in eine Ecke und wusste nicht, ob ich mich entschuldigen sollte. Marion war offenbar nicht irritiert. Die Ärztin untersuchte mich schnell und routiniert und sagte, ich solle noch einmal im Wartezimmer Platz nehmen. Im Wartezimmer hing ein Plakat, das eine hochschwangere Frau zeigte. Darunter stand: Grippeimpfung für Mutter und Kind. Die Brüste der Schwangeren waren ähnlich groß wie die Brüste meiner Mutter. Seit sie tot war, erinnerte ich mich oft an sie. Ich war heute dankbar, dass ich sie als Kind oft nackt gesehen hatte. Wahrscheinlich nahm sie damals an, dass ich noch keinerlei erotische Interessen hatte, was ein Irrtum war. Ich wartete oft vor der Badezimmertür, bis sie wieder erschien, meistens ganz oder überwiegend nackt, und in das Schlafzimmer ging, wo sie viel Zeit vor dem geöffneten Kleiderschrank verbrachte. Wenig später begann ich zu onanieren und benutzte das Bild meiner halbnackten Mutter als

Leitbild meiner Phantasien. Mein merkwürdiger Vater, den ich als Kind nicht verstanden hatte, verwandelte sich allmählich in eine Figur, die ich mehr und mehr schätzte. Auf dem Pullover meines Vaters saß oft eine Motte, was ich ihm nicht sagte. Und wenn ihm die Motte den halben Pullover weggefressen hätte, ich hätte es ihm nicht gesagt. Ich musste ein bisschen lachen über die Nichtswürdigkeit meiner Erinnerungen. Dass ich überwiegend unfreundlich wirkende Erinnerungen an meine Eltern hatte, durfte ich Sonja nicht sagen. Sie war der Meinung, dass sich ein erwachsener Mann mit seinen Eltern ausgesöhnt haben musste, auch wenn die Eltern schrecklich gewesen waren.

Da öffnete sich die Tür des Wartezimmers. Die Ärztin erschien und sagte mir, dass sie bei mir nichts Auffälliges hatte feststellen können. Bitte rufen Sie nächste Woche an, dann erfahren Sie Ihre Blutwerte. In Ordnung, danke schön, sagte ich. Zwei Minuten später war ich draußen. Ich wunderte mich, wie unaufgeregt der Arztbesuch abgelaufen war. Die Unscheinbarkeit meiner Erlebnisse begann mich zu beunruhigen. Ohne besondere Absichten lief ich die Stresemannstraße entlang. Ich überlegte, ob ich Sonja anrufen sollte, um ihr das Ergebnis der Untersuchung mitzuteilen. Aber wahrscheinlich hatte sie schon vergessen, dass sie mich zur Ärztin geschickt hatte. Erst dieser Tage hatte sie gesagt: Ich erwarte ja immer irgendwelche Unglücke, aber dann stellt sich heraus, dass meine armselige Phantasie die Katastrophe ist, sonst nichts.

Links wurde eine kleine Grünanlage sichtbar. Ein Bettler lief umher und leuchtete mit einer modernen Stabtaschenlampe in die Tiefe der Abfallkörbe hinein. In einiger Entfernung sah ich plötzlich die Bankangestellte. Sie saß auf einem

Mäuerchen und suchte etwas in ihrer Handtasche. Ich wollte ihr nicht begegnen und änderte meine Laufrichtung. Das heißt, vorher wollte ich sehen, was sie in ihrer Handtasche suchte. Es kam eine kleine Plastikbox zum Vorschein. Ich war bis zu den Schultern hinter einem Gebüsch verborgen. Die Angestellte öffnete die Box und entnahm ihr zwei Brotschnitten. Im Theater hatte sie auf die Plastikbox verzichtet, was ich sofort verstand; sie lag jetzt leer und geöffnet in ihrem Schoß. Ein winziger flüchtiger Ekel ging von ihr aus. Der Ekel war noch dazu unauffällig, beinahe zierlich, ein fast schmucker Alltagsekel, wie er vielen Haushaltsgegenständen anhaftet.

2

Seit kurzem war ich Barkeeper in einem mittelgroßen Hotel. Mein Dienst begann um achtzehn Uhr und endete um zwei. Die Bar befand sich an der hinteren Wand der Rezeption, dicht neben dem Eingang zum Frühstücksraum. Viel Betrieb hatte ich zwischen achtzehn und einundzwanzig Uhr, weil um diese Zeit die meisten Gäste ankamen. Sie waren erschöpft, stellten ihr Gepäck in der Nähe der Rezeption ab und tranken an der Bar einen Kaffee mit Cognac oder, wenn es Russen waren, einen eiskalten Wodka. Neuerdings hielten sich hier viele Russen auf, die meisten waren Messebesucher oder Aussteller. Viele hatten ihre Ehefrauen dabei, die sich tagsüber in den Kaufhäusern der Innenstadt umsahen und am Abend mit vollen Plastiktüten zurückkehrten. Die meisten Frauen hatten Kindersachen gekauft, die sie in der Hotelhalle gleich ihren Ehemännern zeigten. Kurz darauf gingen sie in ihre Zimmer, schliefen drei Stunden und tauchten gegen dreiundzwanzig Uhr an der Bar wieder auf. Danach kamen nur noch einzelne Gäste oder Paare. Gegen zweiundzwanzig Uhr betrat ein großer Deutscher die Hotelhalle; er hatte kein Gepäck, führte aber eine kleine Taiwanesin an der Hand. Es war sofort klar, dass die beiden das Hotel als Absteige benutzten. Der Mann zahlte den vollen Preis, obwohl es offenkundig war, dass die beiden das Hotel spätestens gegen Mitternacht wieder verließen. Die Eigentümer des Hotels, ein älteres Ehepaar mit erwachsenem Sohn, hatten zu solchen Gästen ein zwiespältiges Verhältnis. Eigentlich wollten sie nichts mit Beischlafpaaren zu tun haben, aber sie wollten auch Geld verdienen. Sie klagten mindestens einmal in der Woche über zu viele Hotels in der Stadt. Tatsächlich waren viele Häuser nicht ausgelastet. Insofern waren zahlende Beischlafpärchen ein Trostpflaster, obwohl durch sie auch der Beigeschmack der Begünstigung von Prostitution entstand. Ich hatte den Eindruck, Sonja war es recht, wenn sie ihre Abende ohne mich verbringen konnte, obgleich sie an diesen Abenden nichts Besonderes unternahm. Sie war erschöpft und ging ohne schlechtes Gewissen früh schlafen. Oft quälte mich die Angst, dass Sonja verschwunden sein könnte, wenn ich nachts von der Arbeit nach Hause kam. In meiner Vorstellung hätte sie keinen Abschiedsbrief oder sonst eine Erklärung zurückgelassen. Sie hätte genug von allem, und das musste sie mir nicht extra erklären. Meine Furcht hatte einen Vorläufer in meiner Lebensgeschichte. Als ich ein Schuljunge war und täglich nach Hause kam, fürchtete ich oft, dass meine Mutter verschwunden sein könnte. Aber meine Mutter ist nie abgehauen, meine Furcht lief jahrelang ins Leere. Ich war nie einsam, aber durch die Dauerangst fühlte ich mich fast täglich verlassen. Durch die wiederkehrende Angst lernte ich, Zeit auszuhalten, ohne sie zu begreifen. Daran hat sich bis heute nur wenig geändert. Die Angst verschwand erst, wenn ich nachts nach Hause kam und Sonja im Bett schlafend vorfand. Ich legte mich still neben sie und war noch lange wach, weil es plötzlich ein Glück war, Sonja tief schlafend neben mir zu wissen. Ich hörte die Rentnerin, die über uns wohnte; nachts pinkelte sie am längsten. Wenn ich es hörte, war ich eine Weile überzeugt, meine Mutter zu hören. Auch sie hatte nachts einen kräftigen Strahl, durch dessen Geräusch der Vater manchmal aufwachte. Wie zu Kinderzeiten neigte ich dazu, nachts ein besserer Mensch werden zu wollen. In Wahrheit war ich nachts erheblich ratloser als tagsüber, wenn auch gutwilliger. Es war meine Aufgabe, tagsüber einzukaufen, damit ich abends – das gehörte ebenfalls zu meinen Aufgaben – ein tadelloses Abendbrot auftischen konnte. Wenn Sonja nach Hause kam und fand außer Salzstangen und mürben Keksen nichts Essbares, dann verlangte sie von mir, dass ich mich unverzüglich auf den Weg machte. Das war erst vorige Woche wieder passiert. Auch ich war erschöpft, aber ich nahm eine Tasche und zog los. Ich habe Wurst, Käse, Brot, Wein, Oliven und Gurken eingekauft. Im Supermarkt traf ich die immer noch locker gesonnene Jugendgefährtin Claudia M., die ich erst in letzter Sekunde wiedererkannte. Sie war (ist) eine von vier Frauen, die mich aufgefordert haben, mit ihr ins Bett zu gehen. Und deren Aufforderung ich nicht gefolgt war, ich wusste nicht mehr warum. Claudia M. lehnte ein wenig lasziv an der Thekeneinfassung der Metzgerei und erkannte mich nicht. Sie hatte ihre jugendliche Anziehungskraft eingebüßt. Sie hatte ein dickliches Gesicht, einen starken Hals, eine breite flache Brust. In ihrem Blick flackerte immer noch etwas Unerledigtes, ich musste mehrmals versteckt hinschauen. Trotzdem war ich froh, dass sie mich nicht erkannte. Sie hätte sich nach meinem Leben erkundigt, von dem ich nicht gerne redete. Sie kannte mich aus der Zeit, als ich promovierte, und sie hätte (genau wie ich) nur mit Staunen hingenommen, dass ich jetzt als Barkeeper arbeitete. Manchmal, wenn mir dieses Geständnis zu peinlich war, erfand ich einen Beruf oder eine Stellung, und die Sache war vergessen. Der Barkeeper hatte die Tendenz zu einer umständlichen Begründungsgeschichte, die ich nicht gerne erzählte.

Ich war müde vom Nachtdienst, aber ich bemerkte, dass es Frühling wurde. Es flogen eine Menge Käfer und Falter durch die Gegend. Tauben liefen unter den Tischen der Cafés umher. Ein Inder im Trainingsanzug keuchte an mir vorbei. Um ihn nicht allzu lange anzustarren, schaute ich die Hauswände hoch. Hinter der Scheibe einer Balkontür sah ich einen älteren Mann in Unterwäsche; um ihn herum eine Frau, die den Boden putzte. Ich war gerne zu Hause, wenn mich meine Müdigkeit ratlos machte. Gleichzeitig belastete mich die Unzufriedenheit mit meiner derzeitigen Lage. Ich sehnte mich nach mehr Normalität. Wie die meisten anderen Menschen wollte ich tagsüber arbeiten und nachts schlafen und am Wochenende ins Kino gehen. Von weitem sah ich einen alten Bekannten namens Seefelder, der mich nicht vergessen hatte. Vor etwa fünfzehn Jahren saß ich mit ihm und fünfzehn weiteren Teilnehmern in einem Englischkurs der Volkshochschule. Er war mir ein wenig unangenehm, ich wusste nicht warum. Dann sah ich, wie er vor einem Abfallkorb stehenblieb und ihn mit der rechten Hand durchwühlte. Ich wusste nicht, warum ich mich jetzt an meine Kindheit und dann an meine Eltern erinnerte. Wie immer sinnierte ich ergebnislos darüber, warum ich meine Eltern zu ihren Lebzeiten nicht mochte. Erst ungefähr zehn Jahre nach ihrem Tod begann ich allmählich, ihnen zu verzeihen und sie sogar zu schätzen. Dabei gab es nichts, was ich ihnen hätte verzeihen müssen – außer, dass ausgerechnet sie meine Eltern waren. Sogar die humpelnden Tauben sahen meinen toten Eltern ähnlich. Die Tiere liefen, genau wie meine Eltern, immerzu mit nickendem Kopf umher und suchten etwas.

In der Wohnung zog ich Hemd und Hose aus und putzte mir die Zähne. Früher war es zwischen uns üblich, dass ich Sonja kurz anrief und meldete, dass ich zu Hause war. Dann wusste sie, dass ich jetzt mindestens vier Stunden lang Ruhe haben wollte. Leider waren viele dieser zärtlichen Verständigungen zwischen uns eingeschlafen. Vom Bett aus sah ich einen kleinen Käfer, der langsam die Wand hochkrabbelte. Ich stand noch einmal auf und holte ein Blatt Toilettenpapier, das ich in der Mitte faltete. In der Enge der Falte wollte ich das Tier erwischen und totdrücken. Leider war ich nicht geschickt genug. Das Tier rutschte aus dem zusammengefalteten Papier wieder heraus, fiel auf den Boden und begann erneut, die Wand hochzukrabbeln. Jetzt, nachdem es sein Leben gerettet hatte, war es mir unmöglich geworden, ihm noch einmal nach dem Leben zu trachten. Das Tier hatte schnell etwa einen halben Meter an der Wand zurückgelegt und fühlte sich offenbar ungefährdet. Ich wusste nicht, welcher Tag heute war, ich musste auf die herumliegende Zeitung schauen und das Datum ablesen. Ich legte mich nieder und blätterte ein paar alte Theaterprogrammhefte durch. Das Gewebe meiner Unterhemden wurde dünn und rissig. Sonja hatte mir schon vor Wochen den Auftrag gegeben, Strümpfe und Unterwäsche zu kaufen. Einen Tag später betrat ich den Kaufhof. Ich hatte Glück und fand Herrenunterwäsche im Erdgeschoss. Kurz danach war ich über die Preise entsetzt. Ein gewöhnliches Herrenunterhemd kostete zwischen 54,-- und 60,-- Euro. Ich war verärgert und hängte die Unterhemden zurück auf die Stange. Dabei erinnerte ich mich schon wieder an meine Mutter. Als ich Kind war, kam sie oft empört aus den Kaufhäusern zurück und schimpfte über die Preise. Plötzlich verstand ich, dass ich alt geworden war. Wenn ich ein Kind hätte, käme ich ebenfalls nach Hause und würde über die Preise schimpfen. Mit viel schwächerer Stimme sagte ich zu mir: Du hast kein Kind. Du weißt nicht, wie das gekommen ist, aber zu einem Kind hast du es nicht gebracht. Durch das jahrelange Herumlaufen in meiner Wohnung wusste ich manchmal nicht, ob ich noch immer hier sein wollte oder eher nicht. Früher waren solche Fragen leichter zu klären. Da genügte ein Blick in die Küche oder in die leere Badewanne und die Ablehnung war da. Aber heute schaute ich morgens hin und her und am Abend her und hin und wusste doch nicht, was ich hiervon und davon halten sollte. Seit ein paar Wochen plagte mich der Verdacht, dass Sonja mich loswerden wollte. Sie sagte es mir nicht direkt, ich sollte es selbst bemerken. Wenn ich sie küsste, öffnete sie den Mund oft nur unwillig und auf jeden Fall nicht ausreichend. War das nur Müdigkeit oder ein Zeichen? Dann ging sie dazu über, ihr Gesicht wegzudrehen. Das war eindeutig und auch wieder nicht. Es war auch möglich, dass sie vielleicht nichts gegen mich hatte, sich für kindischen Schabernack wie Küssen und so weiter aber inzwischen zu alt fühlte. Ich hatte einmal versucht, über dieses heikle Thema zu sprechen, leider ohne Erfolg. Vor etwa drei Wochen lagen wir im Bett und plauderten, dann umarmte ich sie und zog sie an mich heran. Sie schob meinen Arm weg und vergrub sich in ihren Bettsachen. Ich war gekränkt, verließ das Ehebett und legte mich im Wohnzimmer auf die Couch. Wenn ich eine Weile nicht mit Sonja zusammen war und dann wieder zu ihr kommen wollte, sah diese Plötzlichkeit so aus, als wollte ich eine Prostituierte besuchen, die mich dann abwies. Beziehungsweise, es war umgekehrt: Das Gefühl der Prostitution entstand erst durch die für mich nicht verständliche Abweisung. Ich dachte dann sogar, dass Sonja diesen Eindruck absichtlich hervorrufen wollte, um mich auf die Dauer so unsicher zu machen, dass ich mich eines Tages überhaupt nichts mehr trauen würde.

Dieser Gedanke beunruhigte mich so sehr, dass ich erneut das Bett verließ und plötzlich hellwach war. Ich meinte auf der Haut zu spüren, wie mich die Abende zermürbten. Ich sehnte mich danach, ein gewöhnliches Leben zu führen. Die meisten Menschen wissen genau, was sie dürfen und worauf sie sich verlässlich freuen können. Es war drei Uhr und still. Ich überlegte, ob ich wieder einmal in meine nur etwa hundertachtzig Kilometer entfernte Heimatstadt fahren sollte. Aber das Verlangen nach einem Wiedersehen mit alten Plätzen, Straßen und Häusern war nur noch gering. Mein Leben verwandelte sich mehr und mehr in eine Elegie, an der ich allmählich Gefallen fand. Aber was hieß eigentlich Elegie? Ich hatte es einmal genau gewusst, es klang immer noch gut. Ich zog ein fast auseinanderfallendes Lexikon aus dem Regal und las: *Elegie*, die: (gr.) in Antike allg. Gedicht in Distichen (Elegeion); später (Klage-) Gedicht in wehmütigem Ton als Ausdruck von Trauer und Tod, Verlust, Trennung bzw. Widerspruch zwischen Ideal und Leben. Die Erklärung gefiel mir. Ich las sie noch einmal und überlegte, ob es nicht zu viel Ehre für meine Heimatstadt war, dass sie Trauer, Tod, Verlust und Trennung ausdrücken durfte. Die Stadt meiner Herkunft war ein merkwürdig aufeinandergetürmter Haufen aus kleinen Kaufhäusern, muffigen Kinos und bedrückend schlichten Filialen von Sparkassen, den niemand wegräumte, weil in den Häusern nach wie vor Menschen lebten und nicht verschwanden. Außerdem musste ich, um Wehmut zu empfinden, nicht in meine Heimatstadt zurückkehren. Ich brauchte nur kurz in den Spiegel zu schauen, dann waren alle Fragen gestellt und gleichzeitig beantwortet. Je älter ich wurde, desto windschiefer sah ich aus. Insofern würde ich genau in meine Heimatstadt passen. Eines meiner Probleme war, dass ich mich für fast alles zu alt fühlte. Ich war vierundvierzig oder achtundvierzig, vielleicht aber auch erst einundvierzig. Wie meine Mutter hatte ich angefangen, mein genaues Alter nicht mehr wissen zu wollen. Jedenfalls war mir unklar, was ich inmitten der schnellverderblichen Welt noch anfangen sollte. In meiner Jugend, als ich noch vieles wollte und auch schon kaum etwas anpackte, hatte es mich zur Musik gedrängt. Ich wollte wissen, wie eine Sinfonie entsteht oder ein Klavierkonzert. Ich knipste das Radio an, mehr geschah nicht. Sofort ertönte die Musik, die ich selbst komponieren wollte. Ich war reglos, sah aus dem Fenster und hörte zu. Am Schluss des Konzerts johlte, stöhnte und klatschte das Publikum. Wer die Musik tatsächlich geschrieben hatte, wollte ich in diesem Stadium nicht mehr wissen.

Um Sonja meinen guten Willen zu zeigen, wollte ich mir wenigstens neue Socken kaufen. Erst dieser Tage hatte ich im Schaufenster einer bekannten Kaffeerösterei Herrensocken in Fünfer-Packungen herumliegen sehen. Unterwegs schaute ich in mehrfach übertünchte Cafés, die ich nicht frequentierte; ich wollte aber dennoch wissen, ob jemand drinsaß, den ich kannte. Ich wusste, dass die Strümpfe, die in Kaffeegeschäften verkauft werden, bald Löcher haben würden, ich kaufte sie trotzdem. Ich hatte keine Lust mehr, nur wegen ein paar Socken ein riesiges Kaufhaus zu betreten und mich zur Sockenabteilung durchzukämpfen. In einer Nebenstraße überholte mich ein Hund. Das Tier streifte mein Hosenbein, sehr kurz, sehr elegant, sehr flüchtig, eine unwiderstehliche Geste. Bedeutete die Berührung etwas? Und wenn sie nichts bedeutete, warum war sie dann so eindringlich und gleichzeitig diskret? Möglicherweise hatte der Hund die Berührung nicht einmal bemerkt. Das war das Beeindruckende an Tieren: Sie streiften empörungsfrei durch die Welt. Der Hund trieb sich eine Weile auf dem Stresemann-Platz herum. Ich setzte mich auf eine Bank und schaute ihm zu. Aus einer chinesischen Imbissbude kam ein kleiner Chinese heraus und trug einen Stapel schmutziger Teller zum Brunnen auf der Mitte des Platzes. Der Chinese legte ein kleines Kissen auf den steinernen Brunnenrand. Das heißt, zuerst haute er das Kissen mehrmals gegen den rechten Oberschenkel. Dann legte er das Kissen auf den Brunnenrand, kniete darauf nieder und begann, die schmutzigen Teller im Brunnen zu spülen. Ein paar kleine Federn entwichen aus dem Kissen und segelten auf das Pflaster nieder. Als Schulkind hatte ich gefürchtet, mein eigenes Kissen könne sich heimlich öffnen und ich könnte an umherfliegenden Federn im Schlaf langsam ersticken. Tatsächlich lagen morgens immer einzelne Federn um mein Bett herum. Aber ich hatte nie beobachten können, wie eine einzelne Feder der Kissenhülle entkam und irgendwo abwärts segelte auf diese unwiderstehliche Art, wie nur kleine Federn in der Luft niederschaukeln können. Jetzt suchte ich nach dem Hund, der mich überholt hatte, vergeblich. Brauchte ich nicht außerdem neue Passfotos, neue Rasierklingen und eine neue Zahnbürste? Frühestens morgen, wahrscheinlich erst übermorgen, würde mir wieder einfallen, was ich vorgestern, das heißt heute, hätte außerdem erledigen sollen.

Ich wusste nicht, warum ich danach heftig an Sonja dachte, noch dazu auf ganz besondere Art, die mir eigentlich fremd war. Nach meinen bescheidenen Kenntnissen über den Verlauf des Frauenlebens war Sonja jetzt in einem Alter, in dem sie sich ein Kind wünschen konnte. Ich rechnete fast jede Woche einmal damit, dass sie es mir sagte. Ich fürchtete mich vor der Ratlosigkeit, die mich dann ergreifen würde. Ich wollte schon seit langer Zeit kein Kind, aber ich war auch anpassungsfähig. Es kam mir merkwürdig vor, dass ich einen so alten Nichtwunsch schon so lange mit mir herumtrug. Ich war etwa achtzehn oder neunzehn, als ich zum ersten Mal zu einem Mädchen sagte, dass ich kein Kind wünschte. Das Mädchen war verblüfft, weil es einen derartigen Wunsch nicht geäußert hatte. Ich wusste schon lange nicht mehr, was ich über die auf den Straßen herumliegenden Alkoholiker, Drogenabhängigen, Arbeitslosen und Bettler sagen sollte. Es war so ähnlich wie bei dem Nichtwunsch nach einem Kind. Niemand hatte von mir verlangt, dass ich zum Problem der Underdogs irgendetwas denken sollte. Dennoch verhielt ich mich in meinem Innern, als sei ich der Sozialdezernent der Stadt, der für die nächste Magistratssitzung eine Lösung vortragen musste. In Gedanken nannte ich die Leute liebevoll Abstürzler, was einer Verharmlosung gleichkam. Ich konnte in meinem Kopf noch so lange an die Leute hinreden, sie verschwanden nicht. Meine innere Tendenz, die äußeren Probleme der Welt zu verkleinern, war eine Art Notwehr. Die gewöhnlichen Passanten, die mir auch nicht gefielen, machte ich zu Zwergen, die ich ebenfalls liebevoll beschimpfte. Na, ihr kleinen Tagediebe, dachte ich oft, sucht ihr wieder nach Sonderangeboten und billigen Resten? In diesen Stimmungen vergaß ich leicht, dass ich selber ein problematischer Fall war. Zum Beispiel wusste ich nicht, wo ich heute zu Mittag essen sollte. In früheren Jahren durfte ich im Kasino von Sonjas Finanzamt II zu Mittag essen. Das Essen war reizlos wie das Finanzamt, wurde aber regelmäßig, pünktlich und preiswert serviert. Anfangs verabredete ich mich gegen Mittag mit Sonja, dann saßen wir uns eine Dreiviertelstunde gegenüber und plauderten. Wenn wir in der Nacht miteinander geschlafen hatten, verhöhnten wir auf lustige Art unsere Geschlechtsorgane. Sonja nannte meinen Penis meinen kleinen Dom, ich nannte ihr Geschlecht ihren rutschigen Tunnel. Sie kreischte auf und nannte mich ein Ferkel. Eine Weile ging das gut, dann verabredeten wir uns nicht mehr. Es kam eine Verfügung von oben: Personen, die nicht beim Finanzamt arbeiteten, durften nicht im Kasino zu Mittag essen. Oder hatte Sonja die Verfügung erfunden, um mir nicht mehr zu begegnen? Weil sie nicht länger mit ihren Kollegen über meine prekären Verhältnisse sprechen wollte? Vorgänge dieser Art verführten mich zu der Vorstellung, dass Sonja mich allmählich loswerden wollte. Sonja ahnte nicht, dass ich (leider nur unsichtbar innerlich) sogar um sie kämpfte. Sie hielt mich mehr und mehr auf Distanz, das war für mich eindeutig. Die andere Hälfte der Geschichte fiel mir zu: Ich sträubte mich gegen die Trennung, leider auch nur unsichtbar innerlich. Zum ersten Mal in meinem Leben wollte ich bei *einer* Frau bleiben. Ich hatte es satt, dass aus meinem Leben eine einzige lange Bedenkzeit wurde. An einem Mittwoch sagte Sonja: Ich will am Wochenende nach Paris fahren, kommst du mit? Ich erschrak, das hatte ich nicht erwartet. Sie wollte am Freitag losfahren und am Sonntagabend zurückkehren. Ich war leider ein bisschen gereizt und konnte es kaum verheimlichen. Es hätte mir gefallen, wenn sie den Ausflug nach Paris vorher mit mir besprochen hätte. Ich fragte: Muss es unbedingt Paris sein?

Warum nicht? fragte sie zurück. Horden von Amerikanern, Japanern und Deutschen schlurfen jedes Wochenende über die Boulevards, da möchte ich nicht dabeisein. Ist das dein letztes Wort? fragte sie. Nein, sagte ich. Sonja lachte. Paris ist schon seit langer Zeit ein Traum von Spießern, sagte ich, stört dich das nicht? Doch, sagte sie, aber Spießer beherrschen inzwischen die Welt, das ist doch hier genauso. Und? fragte ich. Wir gehen nicht auf die Boulevards, wir klettern nicht auf den Eiffelturm, wir gehen nicht in den Jardin du Luxembourg und wir setzen uns nicht in das Café Soundso auf dem Boulevard Soundso.

Gut, sagte ich. Mein Gefühl des Überrumpeltseins war keineswegs verschwunden. Sonja hatte sich den kommenden Freitag freigenommen. Wir wollten frühmorgens losfahren: ohne besondere Vorbereitungen. Leider kam es kurz danach zu einem unerfreulichen Auftritt. Sonja entdeckte den Fünferpack Socken, den ich in einem Kaffeegeschäft gekauft hatte. Sie schimpfte mit mir wie eine Mutter. Du weißt doch, dass diese Socken nichts taugen. Die ersten Löcher entstehen an den Fersen, die zweiten an der Seitennaht. Nach drei Wochen kannst du sie wegschmeißen. Na und? fragte ich, ich habe ein lockeres Verhältnis zur Selbstverschrottung der Welt. Mann, sagte sie nur. Ich fragte mich, ob ich mich an diese Schimpfereien würde gewöhnen müssen. Wenn du neue Strümpfe brauchst, dann sag es mir in Zukunft, ja? sagte sie. Ok, machte ich. Ich erinnerte mich an meine Eltern, was ich nicht schätzte. Meine Mutter schimpfte meinen Vater, weil er sich nicht dreimal täglich rasierte. Sein Bart wuchs ihm in den Hals hinab, was in seinem Fall bedeutete, dass seine Bartstoppeln die Hemdenkragen schnell aufrieben. Diese Art Liebesrealismus kam mir zu nahe. Ich hielt es in diesen Augenblicken für möglich, dass Sonja meine Sockenaufseherin werden würde oder es schon war. Auf der Straße fuhr ein Schulbus vorbei. Anstelle von Schulbus las ich Schuldbus und fühlte mich ertappt. Ja, für den Transport deiner Schuld wirst du bald einen Bus brauchen. Dabei hatte ich mir erst dieser Tage fest vorgenommen: Um leben zu können, musst du kaltblütig am Unverstandenen vorbeigehen und dich nicht nach ihm umdrehen. Wieder entstand der Wunsch nach einer Flucht ohne Wiederkehr. Stattdessen bereitete ich mich wie ein Oberprimaner auf die Paris-Reise vor und bedauerte, dass ich meine toten Eltern nicht mehr beeindrucken konnte. Sonja war schon öfter in Paris gewesen, ich ebenfalls, allerdings nicht mit Sonja. Vielleicht lag darin der Grund, dass wir bei der Ankunft auf der Gare de l'Est konfus herumstanden, ein wenig erregt, aber fast sprachlos. Wir gingen orientierungslos auf den nächsten Ausgang zu und standen plötzlich in der Rue du Faubourg. Sonja tat so, als würde sie sich jetzt doch auskennen, und nickte in Richtung Saint-Martin. Während des Gehens fanden wir unsere Sprache wieder. Die Rue Saint-Martin stieß bald auf die Rue La Fayette, in die wir rechts einbogen. Bald sahen wir das Hotel La Fayette, und Sonja sagte: Hier probieren wir es. Sonjas Französisch war besser als meines. Ich hatte das Gefühl, dass Sonja das Hotel kannte, aber ich fragte nicht. Es war ein kleines, rumpliges, sehr französisch aussehendes Hotel. Auf dem Flur rechts führte eine Mattglastür in einen kleinen Empfangsraum, die Frau hinter der Theke sah uns an und gab uns einen Zimmerschlüssel, ohne eine Frage zu stellen. Sie bat um unsere Pässe und sagte, dass ein kleines Frühstück im Preis inbegriffen war. Das Zimmer lag im zweiten Stock. Es war ein schmaler Raum mit einem nicht allzu breiten Bett, einem Schrank, einem Waschbecken und einem Stuhl. Das Fenster war geschlossen, der Verkehrslärm erträglich. Wir hatten eigentlich tagelang, bis zur Erschöpfung, in den Straßen umherlaufen wollen. Tatsächlich waren wir von der Reise jetzt schon erschöpft. Ich war voller Dankbarkeit, weil alles so einfach war. Nachdem wir gevögelt hatten, hob ich Sonjas seitlich abgerutschte Brüste ein wenig nach oben, so dass ich mein Gesicht zwischen ihre Brüste legen konnte. Wir umfassten uns mit beiden Armen und schliefen nicht ganz eine Stunde. Danach nannte ich Sonjas Brüste ihren Honigbusen. Es dauerte eine Weile, dann schob sich eine kleine Träne in ihr linkes Auge. Etwas so Wundervolles hat noch niemand zu meinem Busen gesagt, sagte sie. Wir hörten, wie das Zimmermädchen ein Tablett auf dem Teppichboden abstellte und dann gegen die Tür unseres Zimmers schob. Wir warteten, bis die Stille zurückgekehrt war, dann öffneten wir die Tür und holten zwei kleine Flaschen Wasser ins Zimmer.

3

Ich hatte gerade begonnen, mich an die Anforderungen meines Barkeeper-Jobs zu gewöhnen, da entschied der Chef, mich an der Rezeption einzusetzen. Die bisher in der Rezeption tätige Dame sollte an die Bar wechseln. Ich war ein positiv denkender Mensch, das heißt, ich ging viel zu schnell davon aus, dass sich eine Veränderung auch in meinem Sinne günstig auswirkte. Aber diesmal schaute ich den Chef nur schweigend an und enthielt mich eines Kommentars, auch eines inneren. Auch meine Kollegin, Frau Steuben, genannt Anita, folgte mehr oder weniger verdutzt dem Austausch. Ich fragte nicht, ob ihr dieser Wechsel passte oder nicht. Auch sie schien kein Bedürfnis zu haben, meine Meinung zu hören. Allerdings war sie auch schon in meinem Alter, vielleicht ein wenig jünger. Ich war seit langer Zeit daran gewöhnt, von einer Problemlage in die nächste zu rutschen. Ich neigte nicht einmal dazu, mich wenigstens mit überwundenen Problemen auseinanderzusetzen, weswegen ich von Sonja zuweilen kritisiert wurde. Man sollte nicht glauben, sagte sie öfter, dass du Philosophie studiert hast! Leute wie du haben doch gelernt, sich Konflikte näher anzuschauen, oder nicht? Ich gab ihr meistens recht, fügte aber hinzu, dass der Mensch auch das, was er gelernt hat, mit der Zeit langweilig findet. Ich schätzte, dass Frau Steuben auf die vierzig zuging. Sie redete nicht darüber, ob sie eine Familie hatte oder einen Freund oder ein Kind oder was sonst los war in ihrem Leben. Sie arbeitete mich in ihren Job ein, was kaum länger als eine Stunde dauerte.

Um vierundzwanzig Uhr durfte ich den Dienst an der Rezeption beenden, die Tür schließen und nach Hause gehen. Frau Steuben musste bis drei an der Bar ausharren und Gäste bedienen. Der Barbetrieb wurde erst nach vierundzwanzig Uhr lebhaft. Denn um Mitternacht hatten die meisten Gäste zwar genug ferngesehen, aber sie konnten auch jetzt noch nicht schlafen und brauchten harmlose Zerstreuungen. Ich durfte zwar um vierundzwanzig Uhr nach Hause, hatte mir aber dafür das Problem der dauernd zerstückelten Zeit eingehandelt. In der Wand hinter mir befand sich eine schmale Tür, die zu meiner Schlafkammer führte. Sie war klein, eng und muffig, hatte aber eine Liege und eine Wolldecke. Oft nach zweiundzwanzig Uhr war ich so matt, dass ich meine Kammer aufsuchte und sofort einschlief. Leider kamen erst gegen dreiundzwanzig Uhr zahlreiche neue Gäste mit vielen Koffern und Sonderwünschen, die ich nach Möglichkeit sofort zu erfüllen hatte. Manchmal, wenn an der Bar nicht viel los war, kam Frau Steuben zu mir an die Rezeption und half mir. Frau Steuben hatte auf dem zweiten Bildungsweg das Abitur nachgeholt und studierte im dritten Semester Betriebswirtschaftslehre und Kommunikationswissenschaften. Wie viele Spätstudierende überschätzte Frau Steuben ihr Studium. Sie war das Kind einer bildungsfernen Kleinbürgerfamilie. Oft erzählte sie vom Misstrauen ihres Vaters gegenüber jeder Art von höherer Bildung und von der Leidenschaft ihrer Mutter, die die Bildung ihrer Tochter um ihrer selbst willen verteidigte. Ich hörte ihr gern zu, weil sie oft mit verstärkter Energie sprach, wenn sie sich ihr zukünftiges Leben ausmalte. Ich war oft versucht, sie mit meinem Fall vertraut zu machen, das heißt, mit dem Bildungsschicksal eines Mannes, der trotz eines langen Studiums lediglich in der Rezeption eines Hotels gelandet war. Aber dann hielt ich doch den Mund und überließ sie ihrer Begeisterung. Den einzigen großen Fehler, den sie bisher gemacht hatte, sah sie in ihrer Ehe, die sie mit dreiundzwanzig eingegangen war und mit siebenundzwanzig wieder beendet hatte. Wir lagen praktisch, wenn wir nicht arbeiten mussten, fast immer im Bett, und als diese Phase zu Ende war, wussten wir kaum noch, was wir miteinander anstellen sollten, sagte sie und lachte. Deshalb hätten Sie nicht heiraten müssen, sagte ich matt. Doch, antwortete sie, wir haben sogar heiraten müssen, weil wir uns nur als verheiratete Leute nicht unmoralisch vorgekommen sind. Das habe ich schon lange nicht mehr gehört, sagte ich. Das glaube ich Ihnen sofort, sagte sie, aber damals musste eine Freiheit eine erlaubte Freiheit sein, sonst funktionierte sie nicht richtig. Glauben Sie das heute auch noch? Sie sah auf den Boden und schien zu überlegen. Dann sagte sie doch nichts mehr und ging zurück zur Bar, weil in diesen Augenblicken drei Gäste an der Theke erschienen.

Ich begann zu ahnen, dass ich mit Anita in eine Geschichte verwickelt würde, wie ich sie eigentlich nicht mehr schätzte. Ich fühlte mich allmählich alt und zunehmend unfähig, meine Probleme zu lösen. Ich nannte sie meine sogenannten Probleme, um über sie besser lachen zu können. Ich wollte meine sogenannten Probleme nicht einmal mehr untersuchen. Merkwürdig war, dass ich mir nachts noch erheblich unfähiger vorkam als tagsüber. Nach vierundzwanzig Uhr nahm ich an, dass ich mit mir selber nicht (mehr) einig werden könnte, ob ich mit Sonja zusammenleben wollte oder nicht. Mir half, dass es Sonja ähnlich ging. Samstags verlangte sie, dass ich bei ihr einziehe, am Montag lehnte sie ein Zusammenleben mit mir rundweg ab, egal ob in ihrer oder meiner Wohnung oder sonst wo. Dieses Hin und Her entlastete mich, andererseits flößte es mir ein derart starkes Gefühl der Hoffnungslosigkeit ein, dass ich oft nur noch verstummen und nach Hause gehen wollte.

Wir brauchen uns trotzdem nicht zu schämen, sagte ich. Doch, sagte sie. Es spielte sich die Hoffnung ein, dass wir am jeweils kommenden Wochenende endgültig klare Verhältnisse schaffen würden. Wenn es wieder nicht klappte, ging Sonja schimpfend ins Bett. Im Bett drückte sie mein Gesicht zwischen ihre Brüste und begann zu weinen. Vermutlich wollte sie ausdrücken, dass sie niemals verlassen werden durfte. In mir wuchs die Angst, dass wir allmählich in eine Schmerzverharrung hineinwuchsen, aus der wir nicht mehr herausfanden.

Zwei Tage später traf ich Beatrix. Sie überquerte die Tübinger Straße und kam direkt auf mich zu. Sie lachte mich an, ich konnte nicht mehr ausweichen. Sie hatte ihr Köfferchen dabei, vermutlich hatte sie kein Geld oder sie suchte eine Bleibe für die Nacht oder beides. Beatrix kannte ich aus der Zeit, als Frauenretten noch eines meiner Hobbys war. Beatrix ging damals in die Empfangshallen großer Hotels und setzte sich in einen Sessel. Vermutlich rechnete sie damit, von einem Mann angesprochen und in sein Leben aufgenommen zu werden. Nach einiger Zeit – meines Wissens wurde sie nie von einem Mann angesprochen – nahm sie sich aus einer Silberschale einen Apfel, eine Orange und eine Banane und verschwand. Manchmal ging sie auch in die Toilette und klaute eines der weißen Handtücher, die dort an den Wänden hingen. Sie stopfte sich das gestohlene

Handtuch in die Unterhose und verließ Toilette und Hotel. Meines Wissens war ihr die Flucht bisher immer gelungen. Einmal hatte sie mir zwei solcher Handtücher als eine Art Bezahlung für zwei Übernachtungen in meiner Wohnung angeboten, ich lehnte ab. Früher, zu Beginn ihrer Jugend, hatte Beatrix schöne Naturgedichte geschrieben, von denen einige sogar gedruckt wurden. Was sie zurzeit machte, wusste ich nicht und wollte es überwiegend auch nicht wissen.

Bist du nervös? fragte ich.

Ja, sagte sie unfroh.

Dann erwartest du Veränderungen, sagte ich.

Die erwarte ich schon lange, aber sie kommen nicht, sagte sie.

Ich lachte ein wenig.

Ich suche jemand, bei dem ich übernachten kann.

Ich erschrak. O Gott, dachte ich, es hat sich überhaupt nichts verändert. Ich starrte ein paar Sekunden auf die Straße. Ich durfte jetzt auf keinen Fall etwas Falsches sagen.

Zu mir kannst du nicht kommen, sagte ich, ich lebe mit einer Frau zusammen.

Oh, machte sie; kenn' ich die Frau?

Nein, antwortete ich. Und? Was treibst du sonst?

Ich nähe schwarze Lederhosen, sagte Beatrix.

Ach, machte ich.

Ja! rief sie aus. Willst du eine sehen? Ich habe zwei im Koffer, die muss ich heute oder spätestens morgen verkaufen, dann geht es mir wieder besser.

Ich nahm an, sie stellte sich tatsächlich vor, dass ich mir eine schwarze Lederhose kaufen könnte.

Es tut mir leid, sagte ich, ich habe nur in meiner Kindheit Lederhosen getragen, das hat mir gereicht.

Dennoch legte Beatrix ihren Koffer auf einen Betonsockel und wollte ihn schon öffnen. Kurz nach dem Aufklappen des linken Springschlosses trat von links der Uni-Assistent Schmidbauer an uns heran. Er hob die Hand und lächelte.

Du denkst nach? fragte ich.

Nein, sagte Schmidbauer zerstreut, ich muss mich nur ein wenig von meiner Arbeit erholen.

Schreibst du zurzeit nichts? fragte ich.

Doch, erwiderte er, ich sitze an einem langen Essay über suspekte Gefühle, besonders über Neid, Langeweile, Lächerlichkeit, Xenosophie.

Xeno…, sagte Beatrix, was ist das?

Fremdheit, sagte Schmidbauer.

Die Fremdheit wird endlich erforscht, rief Beatrix aus, das wird aber auch Zeit.

Es gibt keinen Menschen, sagte Schmidbauer, dem nicht weite Teile des Lebens dauerhaft fremd bleiben.

Das kann ich absolut bestätigen, fügte Beatrix hinzu.

Hast du in letzter Zeit, fragte ich in ihre Richtung, wieder mal ein paar Gedichte veröffentlicht?

Oh! machte Schmidbauer und wandte sich Beatrix zu, Sie schreiben Gedichte!?

Naturgedichte, sagte sie.

Einige ihrer Gedichte halten den Vergleich mit Loerke, Lehmann und Bobrowski aus, sagte ich.

In dieser wüsten Zeit schreiben Sie Naturgedichte, rief der Assistent verwundert, das ist ja hochinteressant!

Ich schaute die beiden an.

Gehen Sie beim Dichten anthropologisch vor oder kalt naturwissenschaftlich? fragte der Assistent; das müssen Sie mir erklären! Haben Sie zufällig ein paar Gedichte dabei? Kommen Sie, wir trinken was!

Ich war offenbar nicht mitgemeint, worüber ich dankbar war. Schmidbauer drängte sich an Beatrix heran. Beatrix witterte eine Chance für irgendwas und kungelte mit dem Gesicht schon mit Schmidbauer. Ich hatte das Gefühl, ich müsste etwas sagen, aber mir fiel nichts ein.

Wir sehen uns! sagte Schmidbauer zu mir. Er nahm Beatrix am linken Arm und schob sie in ein hässliches, aber nahes Straßencafé. Ich verließ rasch das Viertel. Es war gut möglich, dass Beatrix und Schmidbauer schnell bemerkten, dass sie als Freizeitpaar eine Fehlbesetzung waren. Dann würden sie mich wieder suchen, aber sie sollten mich nicht finden. Wenn Schmidbauer dahinterkam, dass Beatrix ihm eine Lederhose verkaufen wollte, würde sich sein Interesse an dieser Frau rasch auflösen.

Im Weitergehen fiel mir wieder ein, wie *ich* Beatrix kennengelernt und mich dabei blamiert hatte. Vor ungefähr fünfzehn Jahren hatte mich Beatrix zu einer Geburtstagsparty eingeladen. Es ergab sich, dass Beatrix und ich schnell Gefallen aneinander fanden. Das wollte nicht viel heißen, denn Partypaare bildeten sich damals so schnell wie Hasenpaare oder Goldfischpaare und lösten sich auch so rasch wieder auf. Es geschah das Übliche, wir tanzten häufig, redeten über Kunst, tranken viel. Eine halbe Stunde nach Mitternacht ging die Party langsam ihrem Ende entgegen. Die Gäste schlupften in ihre Jacken und verschwanden lärmend im Treppenhaus. Es wunderte mich, dass ich blieb und dass Beatrix damit rechnete, dass ich nicht ging. Als alle außer mir gegangen waren, goss mir Beatrix noch ein Glas Wein ein und legte sich auf das Sofa. Beim Hinlegen öffneten sich zwei Knöpfe ihrer Bluse und blieben offen. Ich setzte mich auf den Sofarand, beugte mich über Beatrix, küsste sie und stützte mich dabei auf meinen linken Ellbogen. Ich wollte es nicht, aber meine rechte Hand fuhr unter ihre Bluse. Ich war erstaunt über ihren fülligen Körper. In diesen Augenblicken sah ich, dass Beatrix eingeschlafen war. Ein paar Schrecksekunden lang wollte ich sie aufwecken, aber dann ließ ich sie doch auf dem Sofa zurück, zog im Flur meine Jacke an und verließ die Wohnung. Etwas Vergleichbares war mir nie zuvor zugestoßen. Ich wusste nicht, wer sich eigentlich blamiert hatte, sie oder ich. Entweder war ihre Erregung oder meine Zudringlichkeit nicht stark genug. Einige Wochen lang gingen wir uns aus dem Weg, dann redeten wir wie früher miteinander, als hätte es nie ein Halberlebnis zwischen uns gegeben. Das Wort Halberlebnis kannte ich damals nicht. Inzwischen war mir geläufig, dass etwas anfing und dann nicht weiterging und dass sich darüber niemand erstaunte. Wahrscheinlich war es zwischen den Menschen üblich, dass angefangene Erlebnisse sich selbst erledigten, indem sie früher oder später fast ohne Grund von allein abstarben.

War es möglich, dass mich die Erinnerung hungrig gemacht hatte? In der Dannecker Straße schwirrten die Meisen auf dem Trottoir umher. Sie ließen sich zwischen den Blättern des Vorjahres nieder und suchten nach Nahrung. Momentweise meinte ich, die Vögel warnen zu müssen, dass sie auf ihren falschen Frohsinn nicht hereinfallen sollten. Aber wie konnte ein Mensch die Vögel warnen? Wenig später erkannte ich das Gespensterhafte meiner Empfindungen und vergaß die Vögel. Mein Hungergefühl wurde stärker, früher oder später würde ich in ein Lokal einkehren. Es gefiel mir das schwache, blondfarbene Sonnenlicht. Auch Menschen, die nicht wie Obdachlose oder Sozialfälle aussahen, schauten inzwischen schnell und routiniert in die Abfallkörbe. Einige der Männer griffen danach in die Münzgeldschächte der Fahrkartenautomaten. Solche Bilder hatte es in meiner Kindheit nicht gegeben. Damals waren alle Leute arm, aber es gab trotzdem keine öffentliche Armut. Die Menschen waren damals *privat* arm und redeten nicht über ihre Armut, nicht einmal in den Familien. Als Kind wusste ich nicht, was ein Krieg ist, obwohl meine Eltern fast täglich über den Krieg redeten. Ich sah nur, dass es viele ausgebrannte Ruinen gab. Als Kind nahm ich an, dass es auf der Welt *immer* so aussah. Zwischendurch empfand ich starke Dankbarkeit für Sonja. Wahrscheinlich verdankte ich es ihrem Druck, dass ich doch noch den Pfad der Ordentlichkeit gefunden hatte. Ich überlegte, ob ich ihr ein Geschenk mitbringen sollte, aber mir fiel nichts ein. Möglicherweise wäre sie verwirrt, wenn ich mit einem Geschenk ankäme. Ich müsste dann erklären, woher der Impuls der Dankbarkeit kam, und diese Erklärung würde mich überfordern. Also kam ich ohne Geschenk zu ihr, obwohl ich mich von ihr fast immerzu beschenkt fühlte. Ihr Geschenk war ihre Hingabe und ihre Freundlichkeit. Erst kürzlich, als wir wieder fast einen ganzen Sonntag lang im Bett lagen, drang sie mit der Zunge so tief in meine Mundhöhle vor, dass ich momentweise dachte: Sie ist der eindringende Mann und ich bin die endlos geöffnete Frau. Zwischendurch hatte ich Angst, sie würde mit der Zungenspitze mit einem meiner wackelnden Zähne spielen. Wahrscheinlich war einer meiner nicht mehr ganz festen Zähne daran schuld, dass ich mich fragte, ob wir auch noch in zwanzig oder dreißig Jahren miteinander schliefen. Dann würde sie meine wahrscheinlich verkommene Unterwäsche sehen, sie würde gespielt entsetzt aufschreien und mir neue Unterwäsche kaufen und sie mir bei unserem nächsten Treffen schenken. Dann würde sie entdecken, dass ich auch meine Körperpflege vernachlässigte. Deswegen würde sie dazu übergehen, mich auch sorgfältig zu waschen, was mir sehr gefiele. Sie würde mich in die Badewanne stellen, mich von allen Seiten duschen und einseifen, wobei sie mein Geschlecht mit besonderer Liebenswürdigkeit behandelte.

Jetzt küsste sie mich bis an die Grenze zur Atemlosigkeit. In ihrem Eifer vergaß sie zu schlucken. Das unterlassene Luftholen führte dazu, dass sie husten musste. Wie einem Kind klopfte ich ihr mit der flachen Hand auf den Rücken. Sie kicherte und sank dann mit offenem Mund in das Kissen zurück und schlief ein. Ich schaute sie an und dachte: So sieht eine verausgabte Frau aus. Ich war ebenfalls erschöpft, schlief aber nicht ein. Als ich sie zudeckte, öffnete sie die Augen einen Spalt und sagte leise: Du kannst ruhig eine Weile draußen herumlaufen; wenn du in zwei Stunden wieder da bist, wäre ich froh.

Ich war verblüfft, wie genau sie mich kannte und wie freundlich sie meine Stimmung einschätzte. *Meine* Erschöpfung war viel einfacher. Um wieder zu Kräften zu kommen, musste ich etwas essen. Ich verließ das Bett, zog mich an, beugte mich über Sonja und flüsterte, dass ich in spätestens einer Stunde wieder neben ihr liege. Sie verzog keine Miene, aber ich nahm an, dass sie mich verstanden hatte. Ein paar Minuten später betrat ich ein Fisch-Restaurant, in dem ich schon oft gewesen war. Es sah ein bisschen verkommen aus, fast schon verschlissen. Sonja nannte es ein Junggesellenlokal, was vermutlich zutreffend war. Tatsächlich saßen hier oft allein essende Männer, die von ihren Frauen kamen oder später zu ihren Frauen gingen. Heute saß in einer Ecke eine Rentnerin mit einem erwachsenen behinderten Sohn. Der Sohn hatte Störungen in seiner Motorik, außerdem konnte er nicht richtig sprechen. Die Mutter zerkleinerte ihm die Kartoffeln. Der Sohn trug eine extraweite Jeanshose, darüber einen gestrickten Pullover und über diesem ein paar Hosenträger. Es war ihm anzusehen, dass er von seiner Mutter morgens angezogen und abends wieder ausgezogen wurde. Von der Bedürftigkeit des Behinderten ging die Stille der zerstörten Welt aus, an die ich mich innerlich anschmiegte. An einem anderen Tisch saß eine dicke Frau, die zur vorübergehenden Kellnerin sagte: Die Kartoffeln sind fast kalt, können Sie meinen Teller noch einmal in die Mikro schieben? Die Bedienung nahm den Teller der Frau kommentarlos mit. An einem anderen Tisch saß ein Paar in mittleren Jahren, das seine Jacken nicht abgelegt hatte. Nach einiger Zeit stellte ich fest, dass der Mann schwerhörig war und dass sich die Frau vermutlich deshalb eine überlaute Sprechweise angewöhnt hatte. Ich überlegte kurz, ob ich mich trauen würde, zur Bedienung zu sagen: Ich will nichts, ich gehe gleich wieder. Aber dann sagte ich völlig unbehindert: Ich nehme ein Lachsfilet mit Spinat und Röstkartoffeln.

4

Es war noch nicht acht Uhr morgens, ich stand am Fenster und schaute auf die Straße hinunter. Ich hatte schlecht geschlafen und ängstigte mich, dass ich in Zukunft noch viel öfter schlecht schlafen würde. Zwischen ein und vier Uhr war ich schon hellwach gewesen und hatte nicht gewusst, was ich machen sollte. Drei leere Stunden zogen vorüber und hatten nichts als den Einfall hervorgebracht, dass ich später zum Friseur gehen könnte. Ich musste nicht wirklich zum Friseur, ich wollte nur eine der beiden Friseusen sehen. Nein, ich wollte auch die Friseuse nicht sehen, ich wollte mich von ihr nur an meine Mutter erinnern lassen, die ihr erstaunlich ähnlich war. Die Friseuse musste um die vierzig sein, sie hatte einen üppigen Busen und eine ebensolche Hüfte, genau wie meine Mutter. Sie hatte ein puppiges Gesicht und war gehemmt und konnte vor lauter Konfusion manchmal nicht richtig sprechen. Dafür lächelte sie umso mehr und wurde meiner offenbar von Geburt an verlegenen Mutter immer ähnlicher. Wenn ich den Friseursalon verließ, war ich vor lauter Erinnerung manchmal schon so schwach gewesen, dass ich mir fest vornahm, diesen Salon nicht mehr zu betreten. Es war auch das Gegenteil möglich; dann nahm ich mir vor, mit der Friseuse anzubandeln, was sie meiner Einschätzung nach schon länger erwartete. Bis jetzt hatte mich der Schreck, was aus einem solchen Abenteuer werden könnte, immer wieder abgehalten.

Ich beobachtete die Angestellten, die vor ihren Büros vorfuhren und sorgfältig ihre Autos verschlossen. Ein junger Mann holte aus seinem Wagen sogar einen Kleiderbügel heraus, zog während des Weggehens sein Jackett aus und hängte es, während er ging, auf den Kleiderbügel. Ich kicherte über den Mann und war froh, dass ich allein war und niemandem mein Kichern erklären musste. Ich wollte frühstücken, aber ich hatte weder Brot noch Milch, noch Marmelade in der Wohnung. Ein paar Löffel Kaffee hatte ich noch, aber es musste aufhören, dass ich anstelle eines Frühstücks nur eine halbe Tasse Kaffee zu mir nahm. Sonja war schon in ihrem Büro und machte mir wahrscheinlich stille Vorwürfe: Du versäumst dein Leben, du drückst dich von Tag zu Tag, du musst endlich etwas aus dir machen, du ... du ... und so fort. Vor ein paar Tagen erzählte Sonja von der Geburtstagsfeier eines Kollegen in ihrer Behörde. Der Kollege schenkte ihr später eine einzelne Rose in einer dünnen Glasvase. Die Vase mit Rose brachte Sonja am Abend nach Hause. Ich warf dem Kollegen, den ich nicht kannte, kitschiges Gehabe vor, was Sonja leider verstimmte. An manchen Tagen fühlte ich, wenn ich mir an den Kopf fasste, nicht mehr meine Haut und meine Haare, sondern immer gleich den Schädel. Ich hörte das Krächzen der Krähen in der leeren Straße. Die Vögel beugten ihren Kopf nach unten, als müssten sie sich übergeben. Aber Tiere können sich nicht übergeben, das können nur Menschen. Heute taten mir Arzthelferinnen, ausländische Müllmänner und Rollstuhlschieber besonders leid. Außerdem Plakatankleber, Lebensmittelausfahrer und ältere, in geparkten Autos knutschende Liebespaare. Ein früherer Arbeitskollege war gestorben, ich fand in der Zeitung seine Todesanzeige. Schon zum dritten Mal fragte ich mich, ob ich zur Beerdigung gehen sollte oder nicht. Wenn ich dabeisein wollte, musste ich vorher zum Friseur. Ich spürte stets die körperliche Erleichterung, wenn ich die mollige Friseuse in ihrem Salon wiedersah. Ich stellte mir oft vor, dass ihre Brüste schon lange nicht mehr in ihren BH passten. An der Wand links entdeckte ich ein kleines Tierchen, eine Spinne, die zur Decke hochlief. Die Spinne war mir gleichgültig, aber es tat meiner Phantasie nicht gut, wenn sie sich mit kleinen Tieren beschäftigte. Schon wollte ich die Spinne mit einem Papiertaschentuch einfangen, aber dann fand ich plötzlich Gefallen an dem kleinen schwarzen Ding. Die Spinne lief rastlos hin und her und auf und ab und wusste vermutlich doch nicht, wo sie hinwollte. Ich hätte sie einfangen und draußen an der Hauswand aussetzen sollen, dann hätte sie vielleicht besser gewusst, wo es mit ihr langging.

Plötzlich nahm ich mir übel, dass ich selbst nie geflohen war. Ich hatte alles ausgehalten: die Schule, die Eltern, die Armut, die kleine Wohnung, das Schweigen, die Ratlosigkeit, den Überdruss, den Ekel, sogar eine kurze Ehe. Eine Erklärung dafür war nur schwer zu finden. Vermutlich hatte ich zu große Angst. Ich wäre nur geflohen, wenn ich auch vor der Angst hätte fliehen können, aber das war nicht möglich. Ich zog meine Jacke an und ging in die nächste Bäckerei. Mit dieser kurzatmigen Flucht endete meistens die große, nicht mögliche, weil zu schmerzhafte Flucht. Das Bäckermädchen brachte mich mit seiner kindhaften Schuldlosigkeit ins Stottern. Plötzlich konnte ich das Wort Brötchen nicht richtig aussprechen. Ich wollte doch nur zwei Brötchen. Für die Erledigung des Frühstücks würde ich nur sechs oder sieben Minuten brauchen, danach würde ich mir wieder Vorwürfe machen, weil ich zu schnell gegessen hatte und weil ich mir die sinnlose Neigung zur Eile nicht abgewöhnen konnte. Dann würde ich eine Weile wie ein Angeklagter an meinem Tisch sitzen. Genau diese rätselvolle Schuld beim Brötchenessen würde das Beste am ganzen Frühstück sein. Später, nach dem Frühstück, fragte ich mich, *was* ich eigentlich nicht verstanden hatte: mein Zittern vor einem etwa fünfzehnjährigen Bäckermädchen, meine idiotische Hast oder mein Ausharren in dieser vorstädtischen Umgebung. Es gab hier vergessene Fahrradgeschäfte, Plastiklokale für unempfindlich gewordene Rentner, absterbende Friseursalons, hell erleuchtete Optikerläden, verlassene Apotheken, unberührbare Juweliergeschäfte und peinliche Kosmetikpaläste. Der einzige Betrieb, in dem sich täglich viele Leute aufhielten, war die Schnelldruckerei eines Türken, der unentwegt beschäftigt war und damit den Leuten gefiel. Ich litt jetzt schon an der Erinnerung, dass ich beim Frühstück, als ich in das Brötchen biss, mich zu dem freiliegenden Oberarm des Bäckermädchens hingezogen fühlte. Ich blätterte die Zeitung noch schneller durch als sonst und las so gut wie nichts. Eine kleine Meldung hatte sich in mir festgehakt: Auf der Autobahn Frankfurt-Würzburg stehen nachts viele Rehe, die auch dann nicht verschwinden, wenn sich ein Auto nähert. In der U-Bahn hielt sich dieser Tage ein Negerkind an meinen Hosenbeinen fest. Hinterher schaute ich nach, ob ein Fleck auf der Hose zurückgeblieben war. Ich erschrak, niemand sah es. Obwohl ich mich heute nicht waschen, nicht rasieren und mir nicht die Zähne putzen wollte, ging ich nach dem Frühstück ins Bad und wusch mich, rasierte mich und putzte mir die Zähne. Ich spürte das Altern und sogar das Heranschleichen des Todes, zum Beispiel die Unlust, mich zurechtzumachen, wenn ich Sonja abends traf. Wenn es mir gelang, einen

Tag zu verbringen, ohne mich herauszuputzen, legte ich mich friedlicher zu Bett als sonst. Dann erinnerte ich mich an gewisse Tage der Kindheit, als meine erschöpften Eltern nicht verhindern konnten, dass ich mich ungewaschen ins Bett legte und im dunklen Zimmer Spuren von Fahrradöl, Marmeladenbrot und den Schweiß von kleinen Mädchen roch. Ich fürchtete schon jetzt die Schande, eines Tages ganz allein zu sein und den Beistand der anderen zu brauchen. Was sollte ich zu dieser kommenden Ermüdung eigentlich noch sagen, ohne meinen Widerwillen an ihr zu steigern? Dabei war ich – ich glaubte: zum ersten Mal – mit meinem derzeitigen Leben halbwegs zufrieden. Von Beruf war ich Rezeptionist, gelegentlich Barmixer, aber in letzter Zeit arbeitete ich überwiegend als Überwinder. Ich half Menschen, ihre zuweilen aufdringlichen oder dümmlichen Erlebnisse schneller als gewohnt zu vergessen. Ich ging mit den Leuten spazieren, wir besuchten Flohmärkte, wir schauten uns Kunstausstellungen an und redeten über sie. Ich gab den Menschen Tipps für Erlebnisse, die ihnen allein gehörten. Über diese Ankündigung waren die meisten Menschen erstaunt, was mich nicht wunderte. Das meiste, was Menschen heute zustieß, erlebten sie als Teil einer riesigen Masse; deswegen konnte man allenfalls von Konfektionserlebnissen sprechen. Dieses Wort hatten die meisten meiner Probanden noch nie gehört. Von Konfektionserlebnis spricht man, sagte ich, wenn alles, was passiert, bis ins kleinste Detail präpariert ist.

Nächste Woche würde ich die Dame treffen, die ich im Theater kennengelernt hatte. Sie hatte mir gestanden, dass sie an Kultursucht litt. Während sie ein Stück anschaute, überlegte sie schon, welches Stück sie als nächstes anschauen würde und so fort. Die Dame war vermutlich ein harter Fall wie die meisten, die mit Kultur zusammenhingen. Ich spürte vor dem nächsten Treffen eine gewisse Hemmung, die damit zusammenhing, dass auch ich an Kultursucht litt. Das Wort Kultursucht stammte von der Dame, es gefiel mir sofort. Die Kultur ist eine Luftblase, nein, sagte die Dame, sie ist ein Treppenhaus voll schlechter Luft. Ich versuchte, die Dame für die Techniken der Überwindung zu interessieren. Als Überwinder gelingt es mir zuweilen, sagte ich, für eine halbe Stunde in meine Kindheit zurückzukehren. In dieser halben Stunde vermisse ich nichts, sagte ich, obwohl ich die ganze Zeit weiß, dass es sich nur um eine Gaukelei handelt. Es genügt dann, sagte ich, durch die Gegend zu laufen und in Schaufenstern oder an Litfaßsäulen einzelne kindische Worte zu lesen, zum Beispiel die Worte Nackenstützkissen oder Softwareentwickler oder Gummihandschuh oder Quarktasche, ha! machte ich, in dieser Dingferne komme ich mir plötzlich unsterblich vor, aber dann, sagte ich, komme ich wieder in die Nähe eines Altenheims, wo ich jede Woche mindestens einmal prächtige Exemplare des zu Ende gehenden Lebens anschauen muss! Aus den offenen Fenstern des Altenheims tschilpen Wellensittiche auf die Straße heraus, ohne kleine Panikanfälle kann ich das nicht mitanhören. Kurz danach fährt ein Transporter vor dem Altenheim vor, sagte ich, ein Ausflug steht an! Der Fahrer des Transporters betätigt die Hebebühne, die Alten werden im Rollstuhl auf die Hebebühne geschoben, ein wenig nach oben geliftet und ins Wageninnere bugsiert. Am Ende sehe ich Greisenkopf neben Greisenkopf hinter den kleinen Fenstern des Transporters, sagte ich, und wenn ich sechs oder acht Köpfe auf einmal wackeln sehe, kriege ich entweder einen Lachanfall oder mir wird schlecht. Ich darf jetzt nicht auf die Idee kommen, fuhr ich fort, zur Abwechslung in den Supermarkt zu gehen, denn auf dem Weg dorthin muss ich an drei am Boden liegenden Bettlern vorbei. Die Dame verabschiedete sich, wofür ich dankbar war, denn mitten in meinem Redestrom verspürte ich plötzlich Verlangen nach Sonja. Ich wunderte mich über die Harmonie meiner inneren Abläufe. Es war vergleichsweise neu für mich, dass ich mich nach einem Menschen (Sonja) sehnte, den ich am Abend desselben Tages tatsächlich treffen würde. Früher war es so, dass es mich oft nach Frauen verlangte, die es überhaupt nicht gab. Sie waren zu hundert Prozent eine Erfindung meiner inneren Bildermaschine. Diese Neuerung (Verlangen nach einer realen Frau) beglückte mich derart, dass ich meine anderen Ängste vorübergehend vergessen konnte. Zum Beispiel die Angst vor einer zukünftigen Erinnerungslosigkeit. Wenn ich von ihr sprach, hörte mir Sonja geduldig zu und besänftigte mich. Neulich hatte ich sogar ein bisschen übertrieben beziehungsweise geschwindelt und Erfolg damit gehabt. Ich hatte Sonja gesagt, ich hätte manchmal Angst, eines Tages zu vergessen, wie ihre wundervolle Möse ausschaut. Wenn wir in einem Lokal sitzen, sagte ich, weiß ich plötzlich nicht mehr, wie du zwischen den Beinen ausschaust. Ist das dein Ernst, fragte sie. Ja, sagte ich, ich könnte dann heulen vor Angst. Zwei Stunden später fragte sie mich, ob ich ihr zwischen die Beine schauen wollte. Das musst du mich nicht fragen, antwortete ich, das will ich immer. Wir lagen noch nicht einmal im Bett, sondern saßen auf dem Sofa, der Fernsehapparat lief. Sonja ließ ihren Rock fallen, zog sich den Schlüpfer aus und öffnete ihre Beine. Sonja verstand, dass ein Mann das Geschlecht der ihm verbundenen Frau ohne

Eile und intensiv und lange anschauen will. Es ist eine Art Einverleibung, sagte ich, ein Niederkämpfen eines vorab empfundenen Schmerzes, dass es das Glück des aufschimmernden Frauengeschlechts eines Tages nicht mehr geben könnte. Ich glaubte, Sonja liebte mich für diesen Schmerz, und sie umarmte mich auf der Stelle. Wieder erlebte ich mit Sonja die große Freude darüber, dass es das Naheliegende gab und dass ich es kannte.

Ich ging nur zum Friseur, weil Sonja es wünschte. Wenn wir uns heute Abend trafen und sie sehen würde, dass ich wieder nicht beim Friseur gewesen war, dann würde sie sagen: Die Verwahrlosung der Männer beginnt am Kopf (bei der unterlassenen Rasur, am fehlenden Hut) und endet bei zerfransten Hosenbeinen. Mich beeindruckten solche Vorhersagen. Auch meine Mutter sprach fast täglich schlimme Prophezeiungen aus und hatte damit die ganze Familie in der Hand. Trotzdem dauerte es noch länger als eine Stunde, bis ich mich auf den Weg machte. Ich litt an der zärtlichen Krankheit des Innehaltens, über die ich praktisch mit niemandem sprechen konnte, mit Sonja schon gar nicht. Sonja würde sofort sagen: Mit dem Innehalten beginnt die allgemeine Verpfuschung des Lebens, von der du ohnehin schon länger bedroht bist. Ich erschauerte, wenn ich solche Sätze hörte, und sagte dann gar nichts mehr. Das Schlimme war, dass Sonja vermutlich recht hatte. Mein Innehalten bestand im Wesentlichen darin, dass ich irgendwo stehenblieb und etwas Nichtiges so lange betrachtete, bis es sich in meiner Betrachtung nahezu aufgelöst hatte. Ich durfte Sonja nicht sagen, dass der Hauptpunkt meines Programms als Überwinder die ruhige Selbstauflösung von Zeit war. Am wirkungsvollsten überwand ich etwas, wenn ich irgendwo herumsaß und eigenartige Menschen betrachtete. Dabei merkte ich, wie Widerstände, die ich schon lange mit mir herumtrug, langsam in sich zusammensanken, als wären sie nie stark gewesen. Sonja konnte nicht begreifen, dass ich als Überwinder Geld verdiente. Ich begreife es auch nicht, sagte ich dann, was sie momentweise erleichterte. Ich ahnte ihre Sorge, dass ich mich aufgrund des Erfolgs nicht um den Aufbau eines ordentlichen Lebens kümmern mochte. Aber du musst doch irgendetwas machen, wenn du so dasitzt, sagte sie oft. Ich beobachte kommende Dummheiten bei ihrer allmählich einsetzenden Fäulnis. Dieser Satz gefiel ihr sehr gut, obwohl er ihr vermutlich nicht einleuchtete. Noch schöner als die Auflösung von Dummheiten ist das Vorüberziehen von Wehmut, sagte ich. Sonja legte ihre Arbeit beiseite, wenn sie einen solchen Satz hörte. Wehmut entsteht, sagte ich dann, wenn man sein eigenes Ausharren in der Welt verurteilt, obwohl man weiß, dass dieses falsche Ausharren einmal große Lust bereitet hat. Nach diesem Satz stiegen Sonja sogar Tränen in die Augen. Sie nahm meine Hand und schob sie sich unter die Bluse. Ich strich mit einer leichten, vermutlich kaum spürbaren Bewegung über ihren linken Brusthügel. Ich bildete mir zu jener Zeit ein, mit der Hand das Aufkommen eines herannahenden Windes nachahmen zu können.

Es war inzwischen Nachmittag, als ich den Friseursalon betrat. Ich hoffte, von »meiner« Friseuse »bedient« zu werden. Kaum saß ich auf dem Friseurstuhl, spielte ich mit dem Gedanken, ihr zu sagen, dass sie meiner Mutter ähnelte. Ich nahm an, dass sie in dieser Mitteilung den Wunsch nach mehr Nähe erkennen würde. Sie war mollig, ruhig, zart, uneilig, gehemmt. Sie griff mir ins Haar und kürzte es da und dort und sah dabei auf meinen Kopf herab. Aber es kam anders. Ich lernte eine neue Friseuse kennen, die auch nicht unangenehm war. Sie war noch jung und schüchtern und wurde von ihren Kolleginnen schon Frau Schmid genannt. Im Wandspiegel sah ich dabei zu, wie eine Mutter ihren Säugling fütterte. Obwohl mich der Vorgang ein wenig ekelte, schaute ich gerne hin. Ich schätzte langsam absterbende Friseursalons. Sie starben nicht wirklich ab, sie machten nur einen vernachlässigten, staubigen Eindruck, der einen baldigen Bankrott vortäuschte. Noch dazu fühlte ich mich am vorgestellten Niedergang des Friseursalons schuldig. Es war eine merkwürdige Art von Schuld, die ich nicht verstand. Ich schaute in die großen leeren Waschbecken rechts und links, die zurzeit nicht gebraucht zu werden schienen. Jetzt lagerten Spraydosen, Bürsten, Wattebeutel an den Beckenrändern, die momentweise aussahen wie vergessene Kindergräber.

Die Mutter fütterte ihren Säugling mit rosafarbenem Karottenbrei, der in mir einen leichten Ekel hervorrief. Der Ekel zog in mir umher, ich beobachtete ihn von außen, aber ich verstand ihn deswegen nicht. Zum Glück kippte meine Empfindung, als das Kind während der Fütterung mit seiner kleinen Hand in das seitlich herabhängende Haar der Mutter griff und in den Haaren zu spielen begann. Ich war so entzückt, dass ich für ein paar Augenblicke glaubte, ich sei gleichzeitig das Haar *und* die Hand des Säuglings. Frau Schmid fragte, ob ich eine Haarspülung wünschte, ich lehnte ab. Kurz darauf fiel mir eine Szene von gestern Abend ein, als sich Sonja vor mich hinstellte und die Zahl der Flecken zählte, die sie auf meinem Hemd entdeckte. Sie wusste, dass ich mittags gelegentlich einen Teller Spaghetti aß, den ich in einem Schnellrestaurant zu mir nahm. Sonja sagte, dass ich das Hemd wechseln sollte. Ich antwortete, dass ich außer ihr niemanden kannte, der auf meinem Hemd die Flecken zählte. Sie sagte, es gebe außer ihr auch niemanden, der so oft auf die Flecken auf meinem Hemd starrte. Ich erwiderte: Und ich kenne außer dir niemanden, der ein paar Flecken so wichtig nimmt. Daraufhin sagte sie nichts mehr, jedenfalls vorerst.

Tatsächlich waren die Flecken Verbindungslinien zu meiner Kindheit. Auch damals, beim Suppeschlürfen in der Küche der Mutter, blieben erste Essensflecken auf meinem Hemd übrig. Diese Flecken führten aber nicht zu einer Debatte über Reinlichkeit und sittlich gezähmtes Essen. Der Ausdruck sittlich gezähmtes Essen war eine Formulierung unseres damaligen Gemeinschaftskundelehrers, der in der Schule die Bankreihen entlangging und die Flecken auf den Hemden und Jacken der Schüler verhöhnte. Später brach ein Streit mit Sonja aus. Sie wollte nicht mehr mit mir ausgehen, wenn ich eine befleckte Jacke trug. Sie schlug vor, dass ich mir für das Ausgehen mit ihr eine separate, fleckenlose Jacke zurechtlegen sollte. Ich sagte, auch in einem Restaurant geraten Flecken auf meine dann nicht mehr fleckenlose Jacke. Ich versuchte, mit einer kleinen Debatte über die Genese von Essensflecken die Luft aus dem Streit zu nehmen. Es gibt nämlich einen Zusammenhang zwischen der Beobachtung, der Eile und der Scham während des Essens. Wenn ich das schon höre, rief Sonja aus.

Es ist ganz einfach, sagte ich; durch das gegenseitige Beobachtetwerden entsteht die Eile und die Eile führt direkt zur Scham. Wenn du ordentlich und ruhig isst, gibt es weder Eile noch Scham noch sonst etwas, rief Sonja aus.

Danach verließ sie den Raum. Ich erinnerte mich schon wieder an meine Mutter, die von Zeit zu Zeit Bemerkungen machte, deren Schärfe mir ebenfalls den Mund verschloss. Ich fragte mich, ob ich, ohne es bemerkt zu haben, mit Sonja eine Frau gewählt hatte, die meiner Mutter ähnelte. Die Frage besorgte mich auf diese besonders hilflose Art, die aus meiner Kindheit übriggeblieben war. Nach dem Friseur hatte ich keine Lust, in meine Wohnung zurückzukehren. Obwohl ich allmählich verarmte, blieb ich in gutmütiger Stimmung. Ich sah auf meine innere Verknotung, die sich nicht bewegte, sich aber friedlich anschauen ließ. Auch eine längere versöhnende Betrachtung begütigte die Verknotung nicht. Ich entschied mich für einen Besuch auf dem nahen Flohmarkt.

Durch ruhiges Umhergehen und Umherschauen auf dem Flohmarkt hoffte ich, meine innere Besorgtheit zu verlieren. Stattdessen nahm diese sogar noch zu. Sie nahm die Spur der Verknotung wieder auf, als ich plötzlich die hüfthohen Kleiderberge und Schuhhaufen auf dem Flohmarkt sah. Ich kannte diese Anblicke und durfte sie für harmlos halten. Aber diesmal lösten sie in mir andere Reaktionen aus. Mein Bewusstsein tat plötzlich so, als sei ich der Überlebende eines KZs, der sich in diesen Augenblicken an seine Lagerzeit erinnerte. Genau! Diese halbhohen Anhäufungen von Kleidern und Schuhen lagen oft vor und neben den Verbrennungsöfen, weil sie, im Gegensatz zu ihren letzten Eigentümern, noch verwendbar waren. Ich war empört über die Fälschungsmaschine in mir, die nicht davor zurückschreckte, mich mit den grauenhaftesten Details zu bedrängen. Ich verstand momentweise nicht, warum es auf dem Flohmarkt immer wieder Menschen gab, die mit ausgestreckten Armen in die Kleiderhaufen griffen, eine Bluse oder eine Jacke herauszogen und begeistert sagten: Die nehme ich. Wollten sie, genau wie ich, manchmal heimliche KZ-Insassen gewesen sein? Ich schaute mir die Leute an und erschauerte vor ihnen. Ich wollte schnell fliehen, wusste aber nicht wohin. Da kam eine Gruppe jugendlicher Fußballanhänger an den Ständen des Flohmarkts vorbei und rettete mich vor meinen inneren Bildern. Mit ihrer derben Fröhlichkeit zogen sie vorüber, schwenkten ihre Fahnen, Wimpel und Bierflaschen und versuchten zu singen, was ihnen nicht gelang und ein dröhnendes Gelächter auslöste.

5

In der Nacht von Dienstag auf Mittwoch ging meine kleine Leselampe kaputt. In früheren Jahren hätte ich die Lampe auseinandergenommen und so lange gesucht, bis ich den Defekt gefunden hatte. Heute war ich es überdrüssig, meinen kleinen Schraubenzieher zu suchen, der nötig war, um die winzigen Schräubchen in der Lampenfassung herauszudrehen. Drei Nächte hielt ich es ohne Leselampe aus, dann ging ich zu Karstadt. Dort erfuhr ich, dass das Kaufhaus seine Lampenabteilung abgeschafft hatte. Ich stand halb unschlüssig, halb verärgert im dritten Stock herum und wusste nicht, was ich jetzt machen sollte. Ich hatte keine Lust, wegen einer kleinen Lampe ein weiteres Kaufhaus aufzusuchen. Die Unlust steigerte sich, als ich bemerkte, dass ich mich am Rand der Cocktailkleiderabteilung befand. Aha! Die Lampenabteilung hatte den ertragreicheren Cocktailkleidern weichen müssen! Erst jetzt sah ich, dass ich tatsächlich von jungen Tanzstundenmädchen und ihren Müttern umgeben war. Die Töchter brauchten für ihren Abschlussball ein Kleid und suchten aufgeregt herum. Immer wieder verschwanden sie mit einem anderen Kleid in den Umkleidekabinen oder kamen aus diesen heraus und traten vor ihre prüfenden Mütter. Langsam bemerkte ich, dass mir das vogelartige Herumflirren der jungen Mädchen gefiel. Da kam zwischen den Kleidern Frau Steuben, genannt Anita, hervor. Ihr Gesicht hellte sich auf. Sie kam auf mich zu und rief halblaut: Was suchst du denn hier? Hier war früher mal eine Lampenabteilung, sagte ich. Dann warst du schon sehr lange nicht mehr hier, sagte sie. Ich lachte kurz. Ich suche ein Glitzerteil, das zu einem Rock und zu meiner Party passt, sagte sie. Ich lachte noch einmal knapp. Willst du nicht kommen, fragte sie. Eigentlich möchte ich keine Party mehr besuchen, weil ich dabei zu viel trinke und dann nicht schlafen kann. Komm doch, sagte Anita. Praktisch aus Not machte ich einen anderen Vorschlag. Können wir nicht einen Spaziergang machen am Main entlang? Oh, sagte sie, das ist auch eine gute Idee. Aber zu meiner Party könntest du trotzdem kommen, beharrte sie. Na schön, machte ich. Sie nannte Datum und Uhrzeit, dann wühlte sie wieder in den Glitzerteilen herum.

So etwas Schlichtes, dachte ich beim Weitergehen, mich zu einer Party einzuladen. Partys gehörten zu den wenigen Dingen, die ich de facto überwunden hatte, außer Geburtstagsfeiern, Urlaub, Anzüge tragen und einiges mehr. Gegen meinen Willen dachte ich über Anita nach. Einsam ist man nicht, weil sich niemand mehr um einen kümmert, sondern weil man sich plötzlich wieder derer erinnert, von denen man sich innerlich verabschiedet hatte. Dann steht man wieder in der Nähe dieser Leute und denkt: Wie komme ich von hier weg? Meine Überbesorgtheit gefiel mir nicht. Auf dieser Party würde ich wieder Schmidbauer und seine Kollegen sehen, und ich würde mich erneut fragen, warum es mir nicht gelang, mich aus dem staubigen Geflirre der Uni zu lösen.

Am Abend beklagte Sonja erneut die Flecken auf meinem Sakko und den Zustand meiner Hose. Ich traute mich nicht, ihr zu gestehen, dass ich nach wie vor da und dort eine Nudelsuppe bestellte, die ich in Eile und voll innerer Scham schnell verschlang. Die Scham rührte sonderbarerweise von meiner Bildung her. Ich konnte nur schwer fassen, dass ein Mann meines Wissens dann und wann gezwungen war, in einem Schnellbuffet eine Nudelsuppe zu sich zu nehmen. Ich konnte mir hundertmal zusichern, dass meine Bildung und eine Nudelsuppe aus seinslogischen Gründen absolut nichts miteinander zu tun hatten und dass ich mir meine künstlichen Konflikte endlich abgewöhnen müsste. Dann kam meine Hose an die Reihe. Sonja hatte recht, ich musste mir eine neue Hose anschaffen. Das war nicht einfach für mich, weil ich mich (ebenfalls aus seinslogischen Gründen) für Hosen nicht interessierte, ich musste sie nur tragen. Ich wusste nicht einmal, ob ich mir eine graue, eine schwarze, eine blaue oder eine dunkelgrüne Hose kaufen sollte. Solche Fragen wurden jedoch in einem Hosengeschäft an mich gestellt, ich musste mich vorbereiten. Sonja drohte mir: Eines Tages werde ich nicht dich, sondern deine Hose verlassen, weil ich sie nicht mehr ertragen kann. Unglücklicherweise kam ich unterwegs an den Schaufenstern eines großen Möbelgeschäfts vorbei. In meinem sogenannten Wohnzimmer stand zwar ein Tisch, aber nur *ein* Stuhl. Von Zeit zu Zeit beschloss ich, mir all die Dinge zu kaufen, die mir fehlten. Aber wenn ich dann wirklich vor einem Möbelgeschäft stand, rief ich in meinem Inneren nur aus: O Gott, diese Möbelgeschäfte! Himmelherrgott, diese treuherzigen Sofas! Jesus, diese erbarmungswürdigen Kommoden! Und ging weiter. Irgendwann hatte ich die Einrichtung meiner Wohnung ohne besondere Gründe abgebrochen. Ich hatte keine Lust mehr, in sogenannten kompletten Verhältnissen zu leben. Mir gehörten vier Teller, drei Gläser, drei Messer, vier Gabeln. Genaugenommen benötigte ich von meinen vier Tellern nur zwei (wenn Sonja bei mir war), von den drei Messern höchstens zwei, von den vier Gabeln höchstens zwei. Manchmal stellte ich mich vor mein lachhaftes Regal und sagte halblaut: Hier wohnt der unter Naturschutz stehende Mangelmann mit seinen vier Gabeln und drei Messern. Sonja amüsierte sich über solche Aussprüche und vergaß, mir weitergehende Vorwürfe zu machen. Ich saß auf meinem einzigen Stuhl an meinem einzigen Tisch und schaute reglos auf meine reglosen Probleme. Ich wusste, dass Menschen, die an der Grenze zur Verrücktheit angekommen waren, häufig vor sich hin redeten. Ich redete nicht an mich hin und hielt mich für normal. Ich litt allenfalls an der innigen Erkrankung des beinahe endlosen Vor-sich-Hinschauens. Immerzu blieb ich irgendwo stehen oder sitzen und betrachtete Vorgänge, die mich nicht weiterbrachten. Die einzige Angst, die mich zuweilen überfiel, war die Angst vor meiner Verstoßung durch die anderen. Immer mal wieder dachte ich, dass gleich jemand das Zimmer betreten und zu mir sagen würde: Du gehörst nicht mehr zu uns, geh weg. Wenn ich in dieser Angst steckte, dachte ich schnell an Sonja und war mir wieder sicher, dass sie mich niemals verhöhnen oder gar verstoßen würde.

Sollen wir uns Tiere anschauen, fragte Frau Steuben, genannt Anita. Tiere, fragte ich, welche Tiere. Es gibt drei Möglichkeiten, sagte Anita. Entweder wir gehen in den Grüneburgpark und schauen den dort herumhoppelnden Hasen zu. Oder wir stellen uns auf den Eisernen Steg und betrachten Möwen, wenn sie Brotstücke auffangen. Oder wir gehen in den Palmengarten und lassen uns von riesigen Fischen anglotzen, die ganz langsam in den Teichen umherziehen. Ich lachte kurz; vor eine solche Wahl war ich noch nie gestellt worden. Nach kurzer Diskussion entschieden wir uns für die Hasen. Ich hatte nicht einmal gewusst, dass im Grüneburgpark Hasen lebten, die, wie ich bald sah, in Erdlöchern verschwanden, wenn ihnen ein Mensch zu nahe kam. Wenn die Tiere zusammengekauert auf einer Wiese saßen, wirkten sie klein und pummelig. Aber wenn sie plötzlich losrannten, streckten sich ihre Körper fast auf die zweifache Länge. Für eine Weile setzten wir uns auf eine Bank. Frau Steuben amüsierte sich über die eigentümliche Veränderung der Hasenkörper, während die ernste Anita über ihre gescheiterte Ehe sprach. Ich überlegte, ob ich sie trösten sollte, kam aber wieder davon ab. Ich sagte, dass eine missratene Ehe heute zu einem Massenerlebnis geworden war, das jede Originalität verloren hatte. Anita wurde stumm. Nach kurzer Zeit tat mir meine Bemerkung leid.

Anita fragte: Warst du schon einmal verheiratet?

Nein, sagte ich.

Ich hab's geahnt, sagte sie.

Sie fing an, ihr langes Haar immerzu umzuordnen und umzulegen. Dadurch verlor das Haar bald seine Form und wirkte wie das Zubehör einer störrischen Frau.

Seit ich geschieden bin, sagte sie, gerate ich mit verschiedenen Männern in endlose Annäherungen und habe trotzdem das Gefühl, hinter dem Leben zurückzubleiben.

Das verschwindende Sonnenlicht warf schwache Schatten. Eine Rucksackfamilie ging vorüber. Der Vater hatte den größten, die Mutter den zweitgrößten und das Kind den kleinsten Rucksack. Der Anblick brachte uns vorübergehend zum Schweigen; außerdem war er lächerlich, aber wir lachten nicht. Einmal schob ein Hund seine feuchte Schnauze einem Mann von hinten zwischen die Beine. Der Mann schüttelte sich, aber er schimpfte nicht und verjagte nicht den fremden Hund.

Drei Tage später wies mich Sonja zurück. Es war früher Abend, in der Wohnung war es still, meine rechte Hand kam von oben. Ich wollte das rechte Körbchen ihres BHs ein wenig nach vorne biegen und die plötzlich freiliegende Brust anschauen. Früher einmal hatte ich Sonja gesagt, dass der Anblick ihrer Brust für mich eine unmittelbare Ermunterung zum Weiterleben war. Dieser Satz hatte ihr damals gefallen, aber jetzt schob sie meine Hand zurück und drehte ihren Oberkörper zur Seite. Eigentlich fühlte ich mich zu alt für solche Zurückweisungen. Es war unangenehm und peinlich, wenn die Erlebnisse und das Alter nicht mehr zueinander passten. Noch dazu wusste ich nicht, ob ich über die Zurückweisung verstimmt sein oder ob ich mir sagen durfte: Derlei Schwankungen sind bei älteren Paaren normal. Noch dazu litt ich unter einer Art Ausdrucksmangel. Ich ging ins Badezimmer und betrachtete mein Gesicht. Zwischen meinen mittleren Schneidezähnen bildete sich allmählich ein Spalt, der mich manchmal beunruhigte. Ich stellte mich an ein Fenster und hoffte auf eine Abwechslung. In einem höher gelegenen Fensterrahmen raschelte ein Plastikrollo in seinen Laufschienen nach unten. Ich verließ die Wohnung, ohne mich von Sonja zu verabschieden. Das war nicht ungewöhnlich; nach solchen Kabbeleien trennten wir uns oft auf wortlose Weise.

Auf dem Flachdach einer Garage rannte eine Amsel hin und her. Eine andere Amsel saß in einer Dachrinne und flötete in den beginnenden Abend. Wenn ich mich nicht geniert hätte, wäre ich auf das Flachdach geklettert und hätte den Amseln beim Umherrennen zugeschaut. Plötzlich hatte ich die Empfindung, dass sich Sonja von mir trennen wollte. Ich versuchte, eine persönliche Schuld an diesem Trennungswunsch zu finden. Ich fand meine Schuld nicht in der gewünschten Schnelligkeit. Stattdessen fragte ich mich: Beginnt jetzt die Verpfuschung meines Lebens? Die Frage war viel zu bombastisch, passte aber in den reglosen Abend. Ich erinnerte mich, dass ich erst vor ein paar Wochen mit mir einig war, dass ich in Zukunft kein dramatisches Leben mehr wollte. Zu dieser Absicht passte nicht, dass mir in diesen Augenblicken fast jede entgegenkommende Frau gefiel. Ich merkte, wie schrecklich dieser Zustand war. Ein Mann trat auf den niedrig liegenden Balkon eines Mietshauses. In der linken Hand hatte er ein Handy, in der rechten eine Flasche Bier. Halblaut sprach er in den beginnenden Abend. Ich überlegte, ob ich zu Sonja oder in meine Wohnung zurückkehren sollte. Aus Ratlosigkeit betrachtete ich zwei Kinder, die sich hinter großen Mülltonnen versteckten. Eine Frau verließ das Haus und beschimpfte die Kinder. Ihr riecht nach alten Orangenschalen, rief sie den Kindern zu. In den Vorgärten stritten die Spatzen wie zerzauste Obdachlose. Ich sah einen Kinderroller auf dem Gehweg liegen und wollte ihn sofort besitzen. Ich bückte mich, griff mit der Hand nach dem Roller und schob ihn neben mir her. Schon nach wenigen Schritten spürte ich, dass ich von hinten beobachtet wurde. Ich drehte mich um und sah eine Frau, die kurz darauf tatsächlich erleichtert war, als ich den Roller wieder auf den Boden legte. Der eigentliche Schlag traf mich zwei Tage später. Sonja sagte am Telefon, sie habe in ihrem Wohnzimmer meine Sachen (Wäsche, Bücher, Rasierzeug, Handtücher) auf das Sofa gelegt, ich solle sie nächster Tage abholen. Am besten an einem Werktag vormittags oder nachmittags, wenn sie im Büro war. Meinen Schlüssel zu ihrer Wohnung solle ich auf den Küchentisch legen und die Wohnungstür zuschlagen. Als ich ein paar Sekunden sprachlos blieb, sagte sie, dass sie bald heiraten und mit ihrem Mann in eine andere Stadt ziehen werde. Den Namen ihres Mannes und ihre zukünftige Adresse nannte sie nicht. Aber es war klar, dass sie ihren Kollegen aus dem Amt heiraten würde, dessen Namen ich kannte. Als ich ein paar weitere Sekunden schweigend verstreichen ließ, sagte sie leise: Es tut mir leid; und legte auf. Es war außerdem klar, dass mich das alles nichts mehr anging. Noch nie war ich von einer Frau gebeten worden, aus ihrem Leben zu verschwinden. Sonja war bereit, ihre Körperlichkeit, ihren Drang nach Leben und ihre Freude im Bett einem anderen Mann zu schenken. Kurz darauf onanierte ich und dachte dabei an Sonja. Ich wiederholte im Kopf eine Szene, die sich oft zwischen uns ereignet hatte. Sie saß auf mir und vögelte mich, als sei ich die Frau und sie der Mann. Nach einer Weile sagte sie: Soll ich dich … das folgende Wort sagte sie nicht. Ich nickte im Kissen und stöhnte tatsächlich wie eine Frau. Hinterher fragte sie mich oft, ob mein Stöhnen echt war. Alles an mir ist echt, sagte ich und musste gleich danach lachen. Mein Lachen ist besonders echt, fügte ich hinzu, worüber auch Sonja lachte.

Ich nahm drei leere Plastiktüten und ging los. Von früheren Trennungen von anderen Frauen wusste ich, dass solche Räumungen in geschäftiger Beklommenheit ablaufen. Ich schloss Sonjas Wohnungstür auf und sammelte rasch meine Sachen ein: eine Mütze, ein Paar Handschuhe, ein Schal, ein Satz Spielkarten, ein Mensch-ärgere-dich-nicht-Spiel, ein Metermaß. Zwischendurch murmelte ich zweimal: Kein Bild, kein Ton, ich komme schon, ein Werbespruch der siebziger Jahre. Ich fand keine Spuren der Anwesenheit eines anderen Mannes. Von den drei Plastiktüten brauchte ich nur zwei, ich legte den Wohnungsschlüssel auf den Tisch und ging. Der eigentliche Stoß traf mich eine Woche später. Ich fand in meinem Briefkasten eine Hochzeitskarte von Sonja. Im Treppenhaus zitterte ich kurz, Tränen kamen mir nicht. In der Wohnung öffnete ich die Hochzeitskarte noch einmal und betrachtete das Doppelporträt auf der linken Seite. Sonja und ihr Mann hielten ihre Gesichter einander zugewandt und lachten sich an. Ich kam mir vor wie eine der Orangenschalen, mit denen eine Nachbarin vor Tagen ein paar Kinder verglichen hatte. Tatsächlich dachte ich: Ein Fremdling hat die saftige Orange Sonja in seine Hosentasche gesteckt und ist mit ihr abgehauen. Zwei Tage später war wenigstens Sonntag. Es beunruhigte mich nicht, dass ich immer mehr meinem toten Vater ähnelte. Seit ein paar Wochen schaute ich, genau wie er, auch sonntags in den Briefkasten. Als Kind hatte ich ihm oft Vorwürfe gemacht, weil er unterwegs Teile unseres Privatmülls in anderer Leute Mülleimer warf. Im Augenblick war ich dankbar für diese müllartigen und dennoch zärtlichen Erinnerungen. Am meisten gefiel mir an den Sonntagen, dass der Straßenlärm der Autos stark reduziert war. An vielen Wohnungen waren die Fenster geöffnet, ich hörte bis auf die Straßen herunter das helle Lachen der Ehefrauen. Ganze Familien gingen langsam umher und fotografierten sich. Die Leute hatten neue Kleider, neue Hüte, neue Taschen, neue Schuhe, neue Fotoapparate. Mit den neuen Fotoapparaten war es ganz leicht, sich selbst zu fotografieren. Die Leute hielten den Apparat eine Armlänge von sich weg und drückten ab. Sekunden später konnten sie die Fotos schon anschauen. Nach dem Vater fiel mir meine Mutter ein.

Vielleicht lag es auch an den neuen Fotoapparaten. Meine Mutter hatte eine kleine Box aus der Nachkriegszeit, mit der das Fotografieren nicht leicht war. Mutter stellte uns (ihren Mann, meinen Bruder und mich) gegen ein Gebüsch und wartete auf die Sonne. Wenn es die Box nicht gegeben hätte, gäbe es von uns überhaupt keine Bilder. Jetzt, um diese Zeit, sonntags gegen elf Uhr morgens, sagte unsere Mutter oft: Ich weiß nicht, was ich heute kochen soll. Es war einer jener Scherze, über die niemand lachte und die dennoch stets wiederholt wurden. Jetzt sagte ich zu mir: Ich weiß nicht, was ich heute verschweigen muss. Ich weiß nicht, wo ich mich heute verstecken soll. Ich weiß nicht, mit welcher Frau ich mich treffen soll. Mir fiel ein, dass es nach wie vor Frau Steuben gab, genannt Anita. An der Schwäche meines Begehrens merkte ich, dass es mir nicht um Frau Steuben ging, sondern dass ich wieder in das Halberlebnis des Wünschens verstrickt war, das mir aus der Kindheit vertraut war. Wenn ich mich nicht täuschte, war ich soeben erneut in diesem schon halb vermoderten Kindheitsrest gelandet, der mich immer noch anrührte. Mein Leben glich mehr und mehr einer dunkel getönten Rhapsodie. Es störte mich kaum, dass ich nur ungenau wusste, was eine dunkel getönte Rhapsodie war. Es musste etwas Langgezogenes sein, das ein Ende immer nur vortäuschte, dann aber wieder von neuem losging. Sicher war nur, dass ich Hunger verspürte. Ein Problem war, dass ich heute Morgen mein Haar nicht gewaschen hatte. Das bedeutete, ich musste ein Lokal finden, in dem ich meine Mütze nicht abnehmen musste. Solche Lokale gab es nur in der Bahnhofsgegend, die ich an diesem halbwegs anmutigen Sonntag nicht aufsuchen wollte. Ich sah gemessen umhergehende Ehefrauen, die mit sichtbarer Genugtuung ihre Ehemänner und Kinder betrachteten. Ich staunte, wie bescheiden das menschliche Glück wieder einmal war. Mir fiel ein, dass es nicht weit von hier eine Pizzeria gab, und so konnte ich mir eine halbe Pizza kaufen und mit dieser wieder in die Wohnung zurückkehren. In der Pizzeria traf ich Schmidbauer. Wir freuten uns über das unverhoffte Wiedersehen und wunderten uns, dass wir uns fast aus den Augen verloren hatten.

Wenn es diese Pizzeria nicht gäbe, sagte ich.

Genau, sagte Schmidbauer und lachte. Er erzählte schwungvoll von den Veränderungen seines Lebens. Am wichtigsten für ihn war, dass er seine Assistentenstelle aufgegeben hatte und Redakteur beim Taunus-Anzeiger geworden war.

Oh! machte ich.

Die Universität ist ein einziger großer Wartesaal, in dem man dann doch nicht aufgerufen wird, sagte er.

Klar, machte ich.

Jetzt bin ich bei einer Provinzzeitung, fuhr er fort, das Leben dort ist wie ein nie endender Roman von Dickens.

Ich lachte.

Wirklich! rief er aus. Jeden Tag kommen Provinzler in die Redaktion und teilen mir ihre Probleme mit. Mal ist es ein Cafébesitzer, der ein bisschen Reklame wünscht, dann ein Ehepaar, das demnächst goldene Hochzeit feiert und in die Zeitung will, danach ein Friseur, den ich vor der Insolvenz retten soll.

Schmidbauer war nur schwer zu bremsen. Ich hörte zu und fürchtete, dass er sich für mein Leben interessieren könnte. Aber dazu kam es nicht.

Die größte Sensation kennst du noch gar nicht, sagte er.

Ich erschrak ein bisschen, ohne zu wissen warum.

Beatrix und ich haben geheiratet, sagte er.

Oh! machte ich noch einmal.

Tatsächlich, rief er aus, es ließ sich nicht mehr vermeiden.

Ich wusste nicht, wie er das meinte, und schwieg; das heißt, nach ein paar Sekunden sagte ich: Glückwunsch!

Ich werd's Beatrix ausrichten!

Da überreichte ihm der Mann hinter der Theke die von ihm bestellte Pizza. Schmidbauer schob sich den flachen Karton auf seinen linken Unterarm und sagte: Jetzt muss ich schleunigst nach Hause! Das ist unser Sonntagsbraten!

Dann war er weg.

Ich sah eine Weile den Tauben zu, die draußen auf der Straße landeten oder wieder aufflogen. An stillen Sonntagen, wenn in den Büros ringsum nicht gearbeitet wurde, war der staubige Flügelschlag der Tauben deutlicher zu hören als sonst. Die Tiere liefen ein wenig wirr umher und suchten auch unter den geparkten Autos nach Nahrung. Der Sonntag dauerte entschieden zu lang. Die Leute blieben zu Hause, die Autos standen den ganzen Tag am Straßenrand. Es war, als hätte ich eine Perücke auf dem Kopf und die zwei Männer in der Pizzeria würden meinen komischen Mangel bemerken. Ich erinnerte mich an meine Mutter, als ich sie in früheren Zeiten sonntags besuchte und den ganzen Tag darauf wartete, dass sie mir am Abend, wenn ich sie verließ, fünfzig Mark in die Hand drückte. Da schnitt der Pizzabäcker meine Pizza mit einem langen Messer in der Mitte auseinander, schob eine Hälfte in einen Karton und gab sie mir. Kurzfristig bildete ich mir ein, ich hätte das Ende meiner Geschichte mit Sonja bereits überwunden. Ich betrachtete die Frau des Pizzabäckers und glaubte, dass ich sie sofort lieben könnte, wenn sie mir in die Arme fiele.

Ich setzte mich auf die leere Bank einer leeren Bushaltestelle und holte meine Pizza aus der Schachtel. Eine Krähe wankte vorüber und verschwand auf einem ebenfalls leeren Spielplatz. Ich hatte meine Pizza noch nicht aufgegessen, da stellte ich mir in quälender Ausführlichkeit vor, dass Sonja alles, was sie zuvor mit mir gemacht hatte, jetzt mit ihrem Bürokollegen machte, wahrscheinlich auch und gerade heute, an einem Sonntag, genau wie wir damals. Es erschreckte mich, dass ich tatsächlich das Wort *damals* dachte, als läge die Trennung von Sonja schon Jahre zurück und hätte mich in einen unansehnlichen Sehnsuchtsklumpen verwandelt. Ich sah, wie Sonja vor dem neuen Mann ihre kurzen Beine weit spreizte und sich ihr Geschlecht dadurch von allein öffnete. Während des Essens rutschte mir ein kleines Paprikastück auf den Boden. Eine mutige Taube trippelte heran und schnappte sich den tiefroten Streifen. Ich erinnerte mich an die Zeit, als ich vierzehn war und Schlagersänger werden wollte. Ich sparte ein Jahr lang für eine Gitarre, dann war es soweit. Ich klampfte fast jeden Tag vor dem Frisierspiegel meiner Mutter. Manchmal sang ich dazu und schaute mir dabei selber ins Gesicht. Dennoch merkte ich, dass meine Stimme noch schrecklicher klang als die Stimmen von wirklichen Schlagersängern. Nach ein paar Wochen konnte ich nicht länger leugnen, dass mein Traum auseinanderbröckelte. Bald stand die Gitarre in einer Ecke des Schlafzimmers meiner Eltern und wurde dort zuerst mehr und mehr übersehen und dann vergessen. Jetzt erstaunte mich das trockene Verschwinden eines Traums, das Einverständnis mit der schieren Leere, fast trauerlos. Damals schaute ich immer wieder die Koffer an, die meine Eltern ebenfalls in ihrem Schlafzimmer abgestellt hatten. Die Koffer sahen aus wie die ersten Zeichen einer geplanten Flucht, die jedoch nie stattfand. Einmal biss ich mir, die Koffer anstarrend, die Fingernägel herunter, ohne zu wissen warum. Weinen konnte ich nicht, was ich wahrscheinlich gewollt hatte.

6

Die Regentage im April hätten mir genügt, aber jetzt war es Mai und es regnete noch immer. Ich stand mit anderen Leuten unter dem Baldachin einer Metzgerei und betrachtete die seitlich aufplitschenden Wasserfontänen schnell vorbeifahrender Autos. Ein neben mir wartender Rentner las mit einem Vergrößerungsglas den Beipackzettel eines Arzneimittels. Bei starkem Regen empfand ich die allgemeine Ratlosigkeit als angenehm. Schon seit längerer Zeit machte es mir kaum noch etwas aus, den anderen Menschen immer mehr zu ähneln. Eine Japanerin rechts neben mir aß eine kleine Tafel Nussschokolade. Obwohl ich zu Sonja keinen Kontakt mehr hatte, hätte ich ihr jetzt gerne gesagt, dass mir ein Backenzahn (hinten unten links) wackelte. Weil es gerade regnete, konnte ich mir leichter als sonst eingestehen, dass ich als Überwinder bisher nur wenig Erfolg hatte. Während des Herumstehens im Regen gelang mir das Gefühl meiner momentweisen Abtrennung von der Welt. Dabei konnte ich mir die harmlose Freude am stillen Herumtrödeln nicht länger leisten. Ich musste den Schlingerkurs meiner Existenz endgültig beenden. Gegen die Ödnisse der Tage ging ich rücksichtslos vor, aber wie beendete man das Schwanken einer Biografie? Ich ahnte, dass ein anhaltend falsches Leben im Handumdrehen in ein Schicksal umschlagen konnte. Mein Innenleben war nicht so großartig, dass ich vor ihm keine Angst hätte haben müssen. Sonjas Vorwürfe klangen immer noch in mir nach. Du hast keine Zukunft, du hast keinen Halt, du hast nicht einmal eine Gegenwart, du hast nichts. Die Wucht dieser Litanei traf mich etwa zweimal in der Woche. Sonja sagte nie direkt, dass ich mir an ihr ein Beispiel nehmen solle, aber ich merkte, dass sie als Vorbild gelten wollte. Denn Sonja war dabei, das Einerlei einer Finanzbeamtin für immer zu beenden. Seit ein paar Monaten verfolgte sie das wahrscheinlich größte Ziel ihrer ganzen beruflichen Laufbahn: Sie lernte, um das Abitur nachzuholen, um danach endlich zu studieren und, wenn möglich, auch noch zu promovieren.

Dafür musst du etwa fünfzehn anstrengende Lebensjahre opfern, sagte ich.

Wieso opfern? fragte sie.

Mit opfern meine ich, dass du während dieser fünfzehn Jahre immer nur ein Ziel vor Augen hast und sonst nichts.

Was soll ich denn sonst machen? fragte sie; wenn ich mich nicht rühre, opfere ich mein *ganzes* Leben an das Finanzamt II, das kann ich nicht gut finden.

Um das sogenannte Begabtenabitur nachzuholen, brauchte sie eine Genehmigung des Kultusministeriums. Sie musste einen ausführlichen Lebenslauf schreiben, sie musste ihre Studienpläne darstellen, sie musste ein polizeiliches Führungszeugnis beschaffen, und sie würde in einer mündlichen Prüfung erhebliche Vorkenntnisse in den Fächern, die sie studieren wollte, nachweisen müssen. Sie war fast außer sich vor Stolz und Freude, als das Kultusministerium sie benachrichtigte, dass sie zur Abiturprüfung zugelassen war. Immer wieder hatte ich angenommen, dass sie schwanger geworden war, aber das war nicht der Fall. Im Gegenteil, ein Kind konnte sie sich mit ihren Plänen nicht mehr erlauben. Es gab

Tage, an denen ich fürchtete, dass meine Verstricktheit in Sonjas Leben auch jetzt nicht endete. Ich stand im Unterhemd vor dem Badezimmerspiegel und sah, dass das Gewebe meines Unterhemds an mehreren Stellen sehr dünn geworden war. Ich überlegte eine Weile, ob ich das vergleichsweise neue Unterhemd zurückbringen sollte. Aber natürlich hatte ich den Kassenzettel wieder nicht aufbewahrt beziehungsweise weggeworfen. Ich sah dabei zu, wie mein minderwertiges Problem momentweise eine minderwertige Person aus mir machte. Es würde nicht lange dauern, dann würden sich unter den Achseln die ersten zarten Löcher zeigen. Es würde nicht lange dauern, dann bemerkte auch Sonja die Schwächen meines Unterhemds. Und auch sie würde, wie einst meine Mutter, sofort sagen: Bring das Ding zurück und lass dir ein neues geben. Um dem Konflikt auszuweichen, warf ich das Unterhemd ein paar Tage später weg. Ich entsorgte es einige Häuser entfernt in eine fremde Mülltonne, weil ich Furcht hatte, in der heimischen Mülltonne würde es Sonja entdecken. Dann würde mir Sonja wieder vorwerfen, dass ich konfliktscheu sei, dass ich immer nur nach dem bequemsten Ausweg suchte und so weiter. Es gab kaum etwas Schöneres, als an einem kleinen Unglück schuld zu sein. Obwohl ich mich kaum noch für die Jahreszeiten interessierte, erfreute ich mich an einem langsam hereinbrechenden Frühsommerabend. Der Himmel war gelb, die Luft still, flach abziehender weißer Rauch entkam über die Dächer. Eine immer noch umherfliegende Meise stieß gegen meine Fensterscheibe, drehte aber sofort ab und flog weiter. Weit oben am Himmel bohrte sich ein Flugzeug in die Ferne und ließ auf der Erde ein zärtliches Rumoren zurück. Hinter den geschlossenen Bürofenstern brannte kein Licht mehr. Keine einzige Sekretärin huschte in den Räumen umher, kein Angestellter stöhnte aus einem halboffenen Fenster hinaus. Der Hausstaub setzte sich auf zwei Orangen und machte sie kleiner und ein wenig schrumplig. Spätestens morgen musste ich meine frischen Hemden aus der Reinigung holen, zu Hause die Sicherheitsnadeln öffnen und die papierenen Schildchen entfernen. Ich trauerte, weil Sonja verheiratet war und wir nie mehr miteinander Silvester feiern würden. Damals kam sie gegen neun zu mir, wir nahmen ein bescheidenes Abendbrot zu uns und plauderten, dann zogen wir uns aus, legten uns ins Bett, lasen eine Weile in unseren Büchern, redeten zwischendurch über ihre Studienpläne, hörten der beginnenden Silvesterknallerei zu, lagen immer noch im Bett, als es auf Mitternacht zuging, wir küssten uns in einem fort, jeder hatte eine Hand zwischen den Beinen des anderen, dann hielten wir es nicht mehr aus und vögelten uns ins neue Jahr, es klappte aber nicht recht, weil wir zu sehr lachen mussten, das Trinken und Reden und Lesen und Knutschen hatte uns erschöpft. Deswegen schliefen wir kurz nach zwölf fast gleichzeitig ein und erwachten erst am folgenden Morgen um neun und vögelten erst jetzt richtig, das heißt nüchtern und ohne Kichern, aber mit einer gewissen Erschütterung, weil wir uns plötzlich unseres Glückes innewurden, das uns andächtig und dankbar zurückließ.

In den mausgrauen Straßen flogen Krähen in niedriger Höhe über die Straßenbahnschienen. In der vergangenen Nacht war mir der Mund so stark ausgetrocknet, dass ich plötzlich erwachte und Angst hatte, ich sei vielleicht dem Tod nahe. Dabei hatte ich stets angenommen, dass der Tod noch unermesslich weit von mir entfernt war. Ich verhielt mich reglos und still, um das Sterbegefühl wieder zu verlieren. Ich saß stumm in meinem Zimmer und betrachtete etwa eine Viertelstunde meine Socken, die über einer Stuhllehne hingen. Zwischendurch war ich dankbar, dass mich mein gewöhnliches inneres Armutsgehabe immer öfter in Ruhe ließ. Zwei Tage später freute ich mich, dass ich im Schaufenster einer Bäckerei anstelle von Vollkorn-Toast Vollkommener Trost las. Meine Zungenspitze begann, mit dem sich lockernden Backenzahn herumzuspielen. Das kleine Lämpchen in meinem Kühlschrank war seit vorgestern Nacht erloschen. Ich hätte ein neues Lämpchen eindrehen müssen, wenn ich gewusst hätte, wo man solche Kühlschranklämpchen kauft. Kurz spielte ich mit dem Gedanken, einen Elektriker zu beauftragen, aber gleich darauf beschämte es mich, wegen eines kleinen Lämpchens einen Elektriker herbeizurufen. Also geschah nichts, und ich lebte fortan mit einem für immer verdunkelten Kühlschrank. Am späteren Nachmittag traf ich Schmidbauer. Er redete sofort über seine Arbeit. Ich fragte, ob er zuvor jemals Redakteur gewesen war.

Er wich aus und sagte: Das lernt man ganz schnell.

Wurdest du von einem anderen Redakteur angelernt, fragte ich.

Schmidbauer lachte.

Nein, sagte er dann, ich wurde von einem Mann aus der Anzeigenabteilung angelernt.

Ach so, machte ich.

Bis jetzt hat die Anzeigenabteilung auch den redaktionellen Teil hergestellt, sagte Schmidbauer; aber das Anzeigenaufkommen ist so stark gewachsen, dass sie einen Redakteur brauchten.

Da hast du aber Glück gehabt, erwiderte ich.

Wegen Beatrix, sagte er.

Die hat dich vermittelt?

Sie arbeitet in der Anzeigenabteilung!

Ja dann, machte ich.

Sie arbeitet schon lange dort und hat ihrem Chef gesagt, sie wüsste jemanden, der das könnte.

Toll, sagte ich.

Wir werden zusammenziehen, sobald wir eine Wohnung gefunden haben.

So dankbar bist du ihr? fragte ich.

Wir wären auch ohne diesen Glücksfall zusammengezogen.

Das glaubte ich nicht, aber ich hielt den Mund. Dann sagte ich: Dann werdet ihr beide in den Taunus ziehen?

Das nicht, sagte er schnell; wir bleiben hier in der Stadt. Der Taunus ist schläfrig. Dort wohnen reiche alte Leute, die ihre Ruhe haben wollen. Um neun gehen die Rolläden runter.

Ich lachte kurz.

Dann fragte ich: Womit füllst du das Blatt?

Das ist manchmal ein Problem.

Ich schwieg.

Ich will nicht lange drum herumreden, sagte er, ich wollte dich sowieso fragen, ob du nicht freier Mitarbeiter werden willst.

Ich? Du meinst, ich soll in den Taunus ziehen?

Das nicht. Du kannst in der Stadt bleiben. Du lieferst mir ein- oder zweimal in der Woche einen Schmucktext, Lesestoff für alte Leute, die im Café sitzen und aus Ratlosigkeit sogar die Lokalzeitung lesen.

Woran denkst du zum Beispiel?

Ich denke zum Beispiel an den Palmengarten. Dort gibt es

laufend neue Ausstellungen, für die sich unser Kur-Publikum interessiert.

Er lachte kurz.

Weil ich schwieg, fuhr er fort: Du kannst dir nicht vorstellen, wie armselig die Beiträge sind, mit denen ich Tag für Tag fertig werden muss. Meine freien Mitarbeiter sind pensionierte Bundesbahnbeamte, Grundschullehrer oder arme Lokalkünstler, die dringend ein paar Euro brauchen.

Ist mir klar, sagte ich.

Alles, was mir die Leute bringen, muss ich umschreiben, anders ist es nicht zu gebrauchen.

Schmidbauers Verlorenheit hatte angefangen zu riechen. Er tat mir leid. Gleichzeitig konnte er nicht über sie reden, obwohl sie mit Händen zu greifen war. Sein Ausweg war, dass er über die Einsamkeit der anderen redete.

Ich bin überzeugt, sagte er, dass die Leute hier glauben, ihr Leben sei abwechslungsreich, weil sie dienstags ein Putenschnitzel mit Kroketten und mittwochs ein Lachsfilet mit Spinat essen und donnerstags ins Kino gehen. Sie sind immerzu unter Erlebnisdruck, aber sie merken es nicht. Sie glauben nicht einmal, dass es das, worunter sie leiden, wirklich gibt. Deswegen sind sie immer froh, wenn sie abends nach Hause kommen und niemand sie gefragt hat, was in der Stadt los ist.

Leider begann mich die Unterhaltung mit Schmidbauer zu langweilen, was mir nicht recht war. Wir wollten es nicht, aber wir betrachteten gemeinsam einen kleinwüchsigen älteren Mann, der mit der Hand Plakate von einem Bretterzaun herunterriss. Ich konnte kaum fassen, dass ich möglicherweise freier Mitarbeiter des Taunus-Anzeigers werden könnte. Wieder hatte ich das Gefühl, dass sich die Wirklichkeit zu stark an mir verausgabte. Mir fiel auf, dass sich zwischen Schmidbauers Schneidezähnen ein Spalt bildete. Eine Frau ging mit einem Mettwurstbrötchen an uns vorüber. Ich überlegte, ob sich Schmidbauer nur vor mir aufspielen wollte. Wahrscheinlich ahnte er nicht, dass er mich mit seinem Angebot irritiert hatte. Ich wollte weg, aber ich wusste nicht, wie ich mich von Schmidbauer halbwegs harmonisch lösen sollte. Jetzt redete er von Beatrix und nannte sie auch noch eine zauberhafte Frau. Ich sehnte mich danach, so ausdruckslos wie eine Taube in der Stadt herumstehen zu können. Tatsächlich schaute ich in einen Schaufensterspiegel und war mit meinem Gesichtsausdruck nicht zufrieden. Wieder stellte ich mir alles, was jetzt noch passieren konnte, als schon geschehen vor, das hatte mir schon öfter geholfen. Ich entwarf das Szenario, das Schmidbauer brauchen würde, um sich von mir zu trennen. Aber dann kam alles ganz anders. Er streckte mir die Hand hin und sagte: Ich werde mal weitergehen.

Entschuldige, sagte ich.

Wofür?

Weil ich so maulfaul bin, sagte ich.

Schmidbauer lachte. Das macht doch nichts, sagte er, dann war er weg.

Aus milder Verärgerung holte ich ein paar Brotkrümel aus meiner Hosentasche und verstreute sie auf der Straße. Wie so oft in solchen Situationen fielen mir meine toten Eltern ein. Ich wusste nicht warum, ich vermisste sie nicht und ich sehnte mich nicht nach ihnen. Aber vielleicht stimmte das alles nicht. War es möglich, dass ich sie trotz der inneren Leugnung vermisste und mich nach ihnen sehnte?

Dieser Gedanke war mir in letzter Zeit öfter gekommen. Dabei waren wir eine völlig unfähige Familie, obwohl wir nicht in zerrütteten Verhältnissen lebten. Unser Hauptproblem war vermutlich, dass wir uns voreinander genierten. Die Eltern genierten sich vor ihren Kindern, die Kinder vor ihren Eltern. Sogar auf der Straße war die Scham unserer Familie bekannt. Es war für mich ein Problem, dass meine Spielkameraden wussten, dass mein Vater mein Vater war, und zu mir sagten: Da kommt dein Vater. Ich fand ihn ungenügend in jeder Hinsicht. Erst sehr viel später hatte ich verstanden, dass die Scham *mein* Problem war, nicht seins. Da kam schon wieder ein neuartiger Gedanke: Erstmals stellte ich mir vor, dass sich mein Vater seines Sohnes schämte. Er muss geglaubt haben, dass ich zu faul und möglicherweise zu dumm war, um den Anforderungen des Lebens standzuhalten. Ich wurde ein wenig sentimental und rutschte in einen inneren wehleidigen Singsang hinein, dessen erste Strophe so anfing: Kein Mensch bekommt das, was er braucht, sondern immer etwas anderes, was niemand braucht oder nur gelegentlich. Die zweite und dritte Strophe des Singsangs gingen so weiter: Kein Kind hat die passenden Eltern, keine Frau findet den Mann, mit dem sie dann wirklich leben will, überhaupt will kein Mensch dorthin, wo er hinmuss, niemand kennt die Stadt, in der er sich wohlfühlen kann. Himmel, der Taunus! Nicht einmal die Wohnung, die Arbeitsstelle, die Erinnerungen, die Geschwister passen zu irgendwem. Ich wusste, ich würde mich gleich nach Sonja sehnen, nach ihrem wunderschönen Honigbusen, nach ihren Beinen, sogar nach ihrer schlichten Cordhose. Es war kurz nach drei, die Ladeninhaber öffneten ihre Geschäfte, und ich konnte wieder nicht fassen, dass Sonja mit einem anderen Mann verheiratet war. Die Bösartigkeit des normalen Lebens konnte nicht ausgedrückt werden, jedenfalls nicht von mir. Aus

Verzweiflung und Trauer wollte ich mir von der Auslage eines Obsthändlers einen Apfel stehlen. Einen Apfel! Als wäre ich wieder neun Jahre alt und würde in den Gärten der Nachbarn herumschleichen. Ich nahm einen Apfel in die Hand, sofort traf mich der Blick des Ladeninhabers. Gut, du bist nicht mehr neun Jahre alt, sagte ich zu mir und legte den Apfel tatsächlich zurück in die Auslage.

Mein erster Artikel für den Taunus-Anzeiger war ein kurzes Feuilleton über eine Orchideen-Ausstellung im Frankfurter Palmengarten. Der zweite Artikel handelte von billigen Sonderfahrten der Bahn nach Paris, London und Brüssel. Es war unverhohlene Werbung für die Bahn, aber daran störte sich der Taunus-Anzeiger nicht. Meine Beiträge waren eine Mischung aus Kaltschnäuzigkeit, Routine und Desinteresse. Es fiel niemandem auf, dass mich die Wirklichkeit, über die ich schrieb, vollkommen kaltließ. Nicht einmal auf den Taunus-Anzeiger war ich neugierig. Ich überflog die Überschriften und dachte leise in mich hinein: Das musst du nicht lesen, es ist alles morsch, höchstens ein paar Maikäfer interessieren sich dafür, aber die können nicht lesen, die glücklichen Käfer. Einmal entstand im Sekretariat eine Debatte, warum sich niemand über die vielen Japaner beschwerte, die Tag für Tag in den Taunusstädtchen umherwandelten. Ich sagte, Japaner sind reich, klein, leise, beschweren sich nicht, sind unverständlich und schmutzen nicht herum. Die Sekretärinnen schrien auf vor Vergnügen, auch Schmidbauer lachte und sagte: Ich würde deinen Kommentar gerne drucken, aber dann werden du und ich gefeuert, das lassen wir lieber. Wenn ich mich nicht täuschte, war ich bei den Sekretärinnen beliebt, obwohl ich nicht mehr jung war, nicht unbedingt gut aussah, keinen sportlichen Eindruck machte und meine

Kleidung zuweilen ungepflegt war. Ich könnte sagen: Ich stand in gewisser Weise unter Naturschutz. Meine Manuskripte sahen aus, als hätte ich sie schon in meiner Jugend getippt und dann fünfundzwanzig Jahre lang in einer Schublade aufbewahrt. Schmidbauer nannte mich einen Modernitätsverweigerer, und das war ich wohl auch. Ich hatte keinen Computer, kein Laptop, kein Handy, kein Ipad. Alles, was ich hatte, war eine Schreibmaschine. Dann und wann kaufte ich mir ein neues Farbband, das war meine ganze Ausrüstung. Ich betrachtete junge Frauen mit frisch gefüllten Kinderwagen. Klar, sie hatten den vergangenen Winter mit Kinderzeugen zugebracht. Eine verschleierte Türkin ging mit einer gelben Edeka-Tüte vorüber und lüftete kurz ihren Schleier, als sie mit ihrer Tochter sprach. Ich überlegte, ob ich für Schmidbauer eine Glosse über die Türkin schreiben sollte. Noch während ich überlegte, überquerte eine Frankfurter Friseuse, bei der ich früher regelmäßig Kunde war, den Platz. Sie übersah mich oder erkannte mich nicht mehr. Damals stieg sie einmal vor einem Wohnhaus von ihrem Fahrrad und lachte mich an. Es zeigte sich, dass sie in diesem Haus auch wohnte. Sie schloss das Fahrrad ab, wir redeten über nichts Wichtiges. Sie hatte stark geschminkte Augen und trug eine Art Hochfrisur. Ich habe gerade Mittagspause, sagte sie damals, ich mache mir Kaffee, wollen Sie nicht eine Tasse mittrinken? Typisch Friseuse, dachte ich als typischer Mann und ging mit ihr. Sie hatte genau das in Aussicht gestellt, was ich schon immer einmal erleben wollte: Eine Frau ergreift die Gelegenheit und nimmt einen Mann mit in die Wohnung. Wir tranken Kaffee und versuchten uns an einer Unterhaltung. Ich muss mich endlich für die Bankenkrise interessieren, sagte ich zum Beispiel. Sie sagte: Ich bin ein Angsthase und überlebe im Bett. Dann sagte ich: Aber ich interessiere mich nicht wirklich für die Bankenkrise, ich tu' nur so. Sie kicherte und sagte: Das ist bei mir genauso! Mein früherer Mann hat mich deswegen immer nur Quarktäschchen genannt. Wenige Augenblicke später erkannte ich, dass ich besser gehen sollte. Es war nicht ganz einfach, aber nach einer halben Stunde war ich weg.

7

Bevor ich mich beim Verleger des Taunus-Anzeigers vorstellte, lief ich fast eine Stunde im Städtchen umher. Ich versuchte, irgendetwas zu finden, was mich beeindruckte oder wenigstens beschäftigte. Ich kannte diese Kleinstadt nicht und wollte sie auch nicht kennenlernen. Mein gealterter Hochmut brandete entlang meiner inneren Mauern und wollte sich so schnell nicht beruhigen. Einmal blieb ich vor dem Schaufenster einer Metzgerei stehen und staunte über die tätowierten Arme einer Verkäuferin. Vor der Auslage einer Kaffeerösterei blieb ich ebenfalls eine Weile stehen und betrachtete ein sogenanntes Nackenstützkissen, was es hier für 9,50 Euro zu kaufen gab. Als ich mich dem Verlagshaus des Taunus-Anzeigers näherte, merkte ich, dass ich ein wenig strauchelte. Das Straucheln war interessant, weil sich ein zärtlich zögerliches Moment plötzlich in die Bewegungen des Gehens einschob. Ich hatte keinen Einfall, womit ich mich weiter unterhalten konnte. Wahrscheinlich betätigte ich mich gerade mal wieder als Überwinder. Aber was war es, woran sich meine Innenwelt rieb? Ich hatte nicht die Absicht, beim Taunus-Anzeiger Karriere zu machen. Ich hatte mich mit mir selber geeinigt, dass ich es beim Taunus-Anzeiger höchstens ein Jahr würde aushalten können. Im Grunde nahm ich die Stelle nur an, damit Sonja endlich bemerkte (ich war sicher, sie würde bald von meinem Job erfahren), dass ich ernsthaft angefangen hatte, die menschliche Ordnung zu begreifen. Mühsam gestand ich mir ein, dass mein Leben nach wie vor nahezu vollständig auf Sonja fixiert war. Durch die Heftigkeit meiner inneren Motive kam ich mir schwach vor und gleichzeitig verworren und aufrührerisch. Diesmal stellte ich mich vor das Schaufenster einer Apotheke und las die kaum lesbaren Namen neuer Medikamente.

Der Verleger sagte, dass er mich zunächst als Aushilfsredakteur einstellen wollte, dreimal wöchentlich, montags, mittwochs und freitags. Obwohl das Zögern des Verlegers meiner Person galt, gefiel mir sein Vorbehalt. Während des ganzen Vorstellungsgesprächs sah ich durch eine offene Tür einer Sekretärin dabei zu, wie sie mit ruhigen Bewegungen eine Banane verspeiste. Hinterher legte die Frau die Bananenschale auf die Tastatur eines Computers und schaute reglos aus dem Fenster. Ich merkte, wie die Lust des Jammerns in mir aufstieg. Wenn ich gegen den Drang meines Klagens jetzt nichts unternahm, würde ich in Kürze schnell anfangen zu altern. Dann würde ich tatsächlich kaum noch von meinem Redakteursstuhl hochkommen und hätte auch nichts dagegen, stundenweise irgendwo herumzusitzen wie eine Sekretärin. Herr Schmidbauer erwartet Sie dringend, sagte der Verleger. Können Sie nächste Woche schon anfangen? Ich nickte. Zum Glück legte sich das Armutsgetue in meinem Inneren. Meine Krankheit bestand aus einer eingebildeten Benachteiligung, aus der schöne innere Bereicherungen hervorgingen, auf die ich auch in Zukunft nicht verzichten wollte. Eine andere Sekretärin betrat lachend das Vorzimmer. Sie öffnete weit ihren Mund und warf den Kopf zurück, wie es Frauen in Spielfilmen machen. Nur hier in der Wirklichkeit, im offenen Mund einer Sekretärin, sah ich kurz die schwarz gewordenen Plomben an den hinteren Backenzähnen, was im Kino nie zu sehen war. Jeden Morgen sind meine Haare pappig, sagte die hinzugekommene Sekretärin halblaut. Es sieht grausam aus, du würdest mich morgens nicht wiedererkennen. Ich wasche mein Haar jeden Tag, aber am nächsten Morgen ist es wieder klebrig. Die am Schreibautomat sitzende Sekretärin nickte. Der Verleger beendete seinen Vortrag. Er erhob sich, gab mir die Hand, ich verbeugte mich knapp und ging.

Am frühen Abend betrat ich meine Wohnung und verstand nicht, warum ich erschöpft war. Schon um sieben legte ich mich hin, betrachtete vom Bett aus den sich rasch verfärbenden Himmel und schlief dabei ein. Kurz vor Mitternacht wachte ich auf und war ausgeruht. Jetzt war es der Rhythmus meines Lebens, was ich nicht verstand. Was sollte ich um Mitternacht mit meiner Munterkeit anfangen? Ein paar Minuten lang redete ich mir ein, dass ich bereits die Provinzratlosigkeit des Taunus-Anzeigers im Leib hatte. Im Flur stieß ich ein paar kurze, kaum hörbare Schmerzensschreie aus und bildete mir ein, dass es sich um Abschiedsschreie handelte. Wovon nahm ich Abschied und was schmerzte mich? Offenkundig war es mir immer noch nicht gelungen, mich von Sonja zu trennen.

Ich stellte mir oft nicht Sonjas Gesicht vor, sondern gleich ihr Geschlecht. Denn ihr Gesicht kannte ich gut, aber ihr Geschlecht hatte ich viel zu selten gesehen. Vermutlich war es ihr peinlich, dass ich zwischen ihren Beinen lag und ihr Geschlecht anstaunte. Im Vergleich zu Sonjas sogenannter Ehe war mein Redakteursunglück ein kleiner lächerlicher Unfall. Sonjas Finanzbeamter wollte ein Kind, Sonja wollte keines, jedenfalls nicht von diesem Mann. Zur Sicherheit nahm sie die Pille und verschwieg es ihrem Mann. Ich fragte mich, ob sie, wenn sie von ihrem Mann befreit sein würde, nicht umso heftiger ein Kind von mir würde haben wollen und wie ich mich dann würde drücken können. In diesen Problemruinen wandelte ich eine Weile umher, schlüpfte nach einer halben Stunde in meine Hose und ging in ein nahe gelegenes Lokal. Das war nicht eben einfallsreich, aber zum Glück war mir seit langem bekannt, dass es für das Leben nach Mitternacht keinen besonderen Fahrplan gibt. An der Theke stellte ich mich neben eine ermüdete Frau, redete mit ihr und überlegte schon nach kurzer Zeit, ob ich sie später mitnehmen sollte oder nicht. Nach einer weiteren halben Stunde kam sie mir zuvor und sagte, ich solle mit ihr kommen. Als ich ihre Wohnung betrat, sah ich, dass auf dem Tisch ein Abendbrot zubereitet war für jemand, der dann doch nicht gekommen war. Du wirst Hunger haben, sagte sie. Ihre Kaltblütigkeit gefiel mir, obwohl sie mich auch einschüchterte. Sie setzte sich mir gegenüber und schaute mir beim Essen zu, sie selbst nahm nichts zu sich. Ich heiße Natascha, sagte sie. Vermutlich hieß sie Christa oder Heidi oder Sigrid, aber so wollte sie in dieser Nacht nicht heißen. Natascha schenkte mir ein Glas Bier ein, ich nannte meinen Namen, sie selbst trank nichts. Diese Szene erinnerte mich an die Sitten in meinem sogenannten Elternhaus. Auch meine Mutter hatte Vater, wenn er spät nach Hause kam, ein Abendbrot auf den Tisch gestellt, ohne selbst etwas zu essen. Jetzt sah mir Natascha beim Essen zu, wie einst meine Mutter ihrem Mann beim Essen zusah. Die Ähnlichkeit der Bilder ließ mich erschauern. Ein zweites Glas Bier trank ich nicht. Ich hielt meine Hand über mein leeres Glas, bedankte mich für das Abendbrot, erhob mich und ging.

Im Sekretariat arbeiteten einfache junge Frauen aus den

ringsum liegenden Taunusdörfern. Sie bemühten sich, den ganzen Tag über nett zu sein, obwohl zu spüren war, dass sie sich hier nicht wohlfühlten. Sie schauten einem Installateur zu, der einen Wasserhahn abmontierte und einen neuen Dichtungsring einlegte. Eine etwa Dreißigjährige sagte, dass sie demnächst kündigen werde, weil es hier keine Aufstiegschancen gab. Ich glaubte nicht recht gehört zu haben. Welche Aufstiegschancen hatte sie hier erwartet? Und was machst du dann? fragte eine Kollegin und bekam keine Antwort. Nach etwa zwanzig Minuten hatte der Installateur seine Arbeit beendet. Er packte seine Werkzeuge ein und sagte zu einer der Frauen: Sonnenscheinchen, ich wünsch dir was. Tschüss, sagte die Frau. Tschaui, rief der Installateur und verließ den Raum. Außer mir arbeiteten zwei weitere Redakteure in der Lokalredaktion. Wir füllten jeden Tag mal zwei, mal drei Seiten, dafür waren kaum mehr als drei Stunden Arbeit nötig. Die Redakteure saßen herum und warteten an ihren Bildschirmen auf neuen Text. Einer schaute aus dem Fenster und machte sich Notizen für einen Roman, an dem er zu Hause arbeitete. Ich betrachtete eine Sekretärin, die öfter am Tag den obersten Knopf ihrer Bluse öffnete, sich dann mit der Hand bis zu den Schultern hochfuhr und sich die Träger ihres BHs neu zurechtlegte. Manchmal erzählten die Redakteure Geschichten aus ihrer Jugend, denen die Frauen gern zuhörten. Dann schwiegen sie wieder, arbeiteten ein wenig, wuschen sich die Hände und schauten in den Spiegel. Nachmittags landeten Tauben auf der Terrasse vor den Fenstern der Redaktion. Sie schritten den Boden ab und suchten unablässig nach Nahrung. Manchmal blieben sie stehen und kackten auf die Terrasse. Später, als die Fotografen kamen und ihre Bilder anboten, saßen die Redakteure schon an halb aufgeräumten Schreibtischen und waren dankbar, dass sie jemand besuchen kam. Redakteure von Provinzzeitungen, mich selbst eingeschlossen, waren undeutlich konturierte Personen. Auffällig war, dass sie nach etwas Höherem strebten und stets ein wenig litten, weil das Höhere noch nicht eingetreten war. Sie machten sich über den Verleger lustig und ahmten die Sprüche seiner Frau nach. Sie waren Kümmerlinge, Leute mit abgebrochenem Studium, abgebrochener Ehe und abgebrochenem Ehrgeiz. Fast jeder zahlte dafür, dass er sich in seiner Jugend überschätzt hatte. Es blieb leider nicht aus, dass ich mich mit der Sekretärin, die so oft die Träger ihres BHs neu ordnete, auf eine Liebelei einließ. Eines Abends saßen wir in einer mittelgroßen Parkanlage und knutschten. Ich schämte mich ein bisschen, weil ich geglaubt hatte, dass ich diese Stufe des Liebeslebens eigentlich überwunden hatte. Es war nach acht, wir schwitzten und atmeten heftig. Sie hatte große volle Brüste, die dazu führten, dass ich vergaß, die Sekretärin nach ihrem Vornamen zu fragen. Ich nannte sie auch jetzt noch Frau Nägele, was mir nicht einmal peinlich war. Es war absehbar, dass wir bald in meine Wohnung gingen. Allerdings schämte ich mich meiner Wohnung. Sie war nur halb eingerichtet, nicht aufgeräumt und nicht überall sauber. Es fehlten Gardinen, Lampen, Teppiche, Geschirr, Gläser, ein Schrank. Genaugenommen besaß ich nur ein paar Becher und einen Tauchsieder und einen kleinen Topf, damit ich mir morgens einen Kaffee machen konnte. Als es zehn Uhr wurde, brachte ich sie zum S-Bahnhof. Sie verstand nicht, aber sie fragte nicht. Sie kehrte nicht wieder in die Lokalredaktion zurück. Am nächsten Tag erschien eine andere Aushilfe aus der Sportredaktion, genauso arglos und unecht schüchtern wie ihre Vorgängerin. Frau Nägele wurde bald Chefin vom Dienst, wovon sie vermutlich gewusst, mir aber keinen Ton gesagt hatte.

Eigentlich war es schon lange mein Wunsch gewesen, ein und dieselbe Frau für das gemeinsame Begehren *und* als einzige Adressatin meines Verlangens zu lieben. Bis heute war ich von diesem Ziel weit entfernt. Ich hatte in meinem Leben meistens zwei Frauen, eine für die häusliche Liebe und die andere für das eher wirre Querfeldeinbegehren. Dabei quälte es mich, dass ich die Differenzen zwischen meinen Bedürfnissen immer gleich Untreue nannte und diese Untreue als Konstruktionsfehler meines Verlangens beklagte. Das heißt, seit kurzem hatte ich wieder den Eindruck, dass ich mit Frau Nägele meiner Utopie (*eine* Frau für alles) ein bedeutsames Stück näher gekommen war. Tatsächlich vergaß ich stundenweise, dass ich Sonja verloren hatte, womöglich sogar für immer, was ich mir nur in tiefschwarzen Stunden eingestehen mochte. Die innere Erlösung entpuppte sich als Kartenhaus, als eines Vormittags ein schreiender Säugling im Sekretariat zu hören war. Schnell stellte sich heraus, dass der Säugling ein Kind von Frau Nägele war. Eine Tagesmutter war nur deswegen mit in die Redaktion gekommen, weil das Kind dringend gestillt werden musste. Tatsächlich hörte das Kind schon zu lärmen auf, als es merkte, dass es in den Armen der Mutter lag. Frau Nägele betrat mit ihrem Kind einen Nebenraum, ließ aber die Tür offen, knöpfte sich die Bluse auf und nahm das Kind an die Brust. Frau Nägele lächelte mir während des Stillens zu, was mich verwirrte. Denn wo ein Kind war, war auch der dazugehörige Mann nicht weit, auch wenn die Beziehung zur Mutter schwierig geworden war. Ich erschrak, als ich zwei Sekunden lang sah, wie breit die Brustwarzen von Frau Nägele durch das Stillen tatsächlich geworden waren.

Nach wie vor konnte ich kaum überwinden, dass ich Lokalredakteur geworden war. Am meisten setzte mir das quälend langsame Vergehen des Arbeitstages zu. Noch immer konnte ich kaum begreifen, dass ich schon jetzt an Langeweile litt, von allem anderen zu schweigen. Gelegentlich eilte der Chefredakteur durch die Redaktion und sagte: Also sagte Zahnarzt Tustra. Das war als Witz gemeint, aber niemand lachte. Dabei war ich gerettet und hätte mich freuen sollen. Tatsächlich war meine lebenslange Furcht vor plötzlich eintretender Armut keineswegs verschwunden. In aller Niedergeschlagenheit kam es mir trotzdem unwahrscheinlich vor, dass ich dem Taunus-Anzeiger bis zur Pensionierung ausgeliefert sein würde. Meine Ratlosigkeit bildete sich in den Sätzen ab, die ich zuweilen sagte. Zum Beispiel diesen: Ich muss ja auch Miete bezahlen und die Nebenkosten und den ganzen Klump. Oder diesen: Wer den ganzen Tag gearbeitet hat, will am Abend nicht auch noch Staubwölkchen unter seinem Bett sehen. Ich ging sogar so weit und sagte: Frau Nägele, im Druck des Alltags verliere ich meine Zartheit. Die Sätze rührten daher, dass ich fast den ganzen Tag von Frauen umgeben war, von denen ich die Zwangsvorstellung hatte, dass sie bedrückt, freudlos und ideenlos waren und deswegen aufgemuntert werden mussten. Diese Vorstellung war von meiner Mutter übriggeblieben. Sie war so verlassen wie ein ganzes Dorf, unbelebt, fast stumm, dabei freundlich, aber in Wahrheit eingeschüchtert von etwas, worüber sie nie sprach, auch im Alter nicht.

An einem Mittwoch feierte Frau Nägele ihren achtunddreißigsten Geburtstag. Die Arbeit des Tages wurde rasch in den Morgenstunden erledigt, am Nachmittag sollten wir gemeinsam feiern. Frau Nägele hatte in der besten Konditorei eine Torte bestellt, die ein Lehrling kurz nach Mittag vorbeibrachte. Frau Nägele hatte mich am Abend zuvor in der Wohnung angerufen. Ich tat, als sei ich über den Anruf nicht erstaunt. Frau Nägele sagte, dass im Schauspielhaus gerade »Zur schönen Aussicht« von Ödön von Horváth gezeigt werde. Ja, sagte ich. Sie kennen das Stück? Ja, wiederholte ich. Wie schade, sagte Frau Nägele, ich habe zwei Freikarten. Oh, machte ich, das tut mir leid, ich meine, es tut mir leid, dass ich das Stück schon kenne. Wahrscheinlich haben Sie sowieso schon alles gesehen und gelesen und gehört. Ja, sagte ich, ich leide an Kultursucht. Darüber sollten Sie unbedingt schreiben, sagte sie. Im Augenblick war nicht klar, ob sich Frau Nägele über mich lustig machen wollte oder nicht. Zurzeit ist es besonders schlimm, sagte ich, schon wenn ich ein Theater von weitem sehe, kriege ich Kopfschmerzen. Frau Nägele stöhnte. Womit kann man Ihnen eine Freude machen? Daraufhin stöhnte auch ich. Fast hätte ich gesagt, dass ich die Taugenichtsphase meiner Jugend für immer verlassen habe. Ich hatte keine Erklärung dafür, warum mich das Telefongespräch so unnötig angestrengt hatte.

Ich zog meine Jacke an und betrat zwanzig Minuten später ein Bistro. Drei in sich zusammengesunkene Männer standen an der Theke und tranken aus großen Biergläsern. Zwei Frauen redeten laut miteinander und unterbrachen ihr Gespräch, wenn ein neuer Mann das Lokal betrat. Ich hätte jetzt gerne Leute betrachtet, mit denen es sichtbar abwärtsging, verarmte Fürsorgeempfänger, Alkoholkranke, Kleinkriminelle, Heiminsassen. Ich bestellte eine Nudelsuppe und ein Glas Wein und nahm mir von einem Holzgestell eine

Brezel. Sobald ich mich nicht mehr bewegte, strömte der Schmerz um Sonja unerträglich mächtig in mich ein. Ich hatte das in mir unentwegt weiterfaulende Gefühl, dass die Trennung von ihr immer noch schlimmer und noch schlimmer und noch schlimmer wurde. Ich hatte das große Bedürfnis, vor ein riesiges Publikum hinzutreten, einen schrecklichen Weinkrampf zu erleiden und dann mit einem langen Beifall bedacht zu werden. Stattdessen fiel mir mein totenstiller Vater ein. Oft hatte er versucht, von seiner Soldatenzeit zu erzählen, was ihm nur selten gelang. Dabei war er in den eisigen russischen Wintern mehrmals fast erfroren und hatte, aber das wusste ich nicht sicher, einen oder mehrere Zehen verloren. Dass ich es nicht genau wusste, war meine Schuld. Ich hatte während seiner Erzählungen immer wieder den Raum verlassen. Als ich zurückkehrte ins Zimmer, waren die Zehen weg. Heftige Blicke des Vaters trafen mich und machten meine Jugend schwierig. Ein Mann hob meine Nudelsuppe auf die Glastheke. Nudel für Nudel tauchte ich in die russischen Winter ein. Ich bewegte meine Zehen in den Schuhen und war dankbar, dass sie noch alle da waren.

Zwei Tage später rief mich zu Hause Frau Steuben an, genannt Anita. Sie war erstaunt, dass ich mich an sie erinnerte. An ihrem Tonfall erkannte ich, dass es ihr nicht gutging.

Ich habe wieder das Gefühl, dass ich bald verrückt werde, sagte sie.

Seit wann?

Seit etwa einer Woche, sagte sie; ich war abends in einem Lokal.

Allein?

Ja, sagte sie, ich habe noch immer keinen gefunden, der es mit mir aushält.

Das Leben wird nicht dadurch einfacher, dass man allein lebt, sagte ich; aber Ihre Stelle haben Sie noch?

Ja, Gott sei Dank, sonst müsste ich mich umbringen, sagte sie; ich habe jeden Tag das Gefühl, alle Menschen leben richtig, nur ich nicht. Haben Sie ein Stündchen Zeit oder zwei?

Heute Abend?

Das würde mir guttun!

Na gut, sagte ich, obwohl ich auch nicht mehr der Frischeste bin.

Sie wohnte auf der anderen Seite des Mains. Ich machte mich noch einmal ausgehfertig und verließ die Wohnung. Ich brauchte mit der U-Bahn nur vier Stationen zu fahren, dann klingelte ich an ihrer Haustür. Lange musste ich nicht warten, dann öffnete sie die Tür und atmete heftig. Vielen Dank, dass Sie gekommen sind, sagte sie; ich trau mich zurzeit kaum allein auf die Straße, dabei will ich überhaupt kein aufregendes Leben.

Wir gingen in die Küche und setzten uns an den Tisch.

Können Sie sich an die Situation erinnern, fragte ich, als Sie das Verrücktheitsgefühl überfiel?

Ja, sagte sie; ich war in einem nicht besonders feinen Lokal. Ein Fernseher lief ohne Ton, die Bedienungen schauten trotzdem hin. Ein riesiger Mann setzte sich an die Bar und wandte sich dann rechts zum Spielautomaten. Eine Frau legte ihre Tasche nicht ab. Von Zeit zu Zeit verschob sie die Tragegurte ihrer Tasche. Dann überwältigte mich die Angst, dass sich die Frau vor einem Überfall fürchtete. Ich sah mich um und betrachtete die Männer. Dem einen oder anderen traute ich alles zu. Kurz danach glaubte ich, verrückt geworden zu sein.

Und dann?

Ich zahlte mein Bier und ging. Ich lief herum und begann nach einiger Zeit zu weinen. Kurz darauf hielt ich auch das Weinen für ein Zeichen meiner Verrücktheit. Ich hatte meine guten Sachen an und wusste nicht warum, es war ja nicht Sonntag.

Ich sagte: Am besten ist, Sie nehmen an, dass Sie selbst der Mensch sind, den Sie suchen. Verstehen Sie? Sie selbst sind der Mensch, den Sie haben treffen wollen.

Aber dann müsste ich doch nicht in solche Lokale gehen?

Ich musste ein wenig lachen, was mir leid tat. Frau Steuben schwieg eine oder zwei Minuten. Ich fürchtete schon, dass ich sie verletzt haben könnte.

Ich habe den Eindruck, dass ich überhaupt nichts verstehe, sagte sie; ich fühle mich so fremd wie ein älterer Gartenzaun, der langsam kaputtgeht.

Es ist nirgendwo festgelegt, wie empfindlich ein Mensch sein darf, sagte ich.

Wenn es wirklich so wäre, antwortete sie, müsste ich nicht so oft das Gefühl niederkämpfen, dass ich die Grenzen überschreite.

Ich kann Ihnen vielleicht dabei helfen, sich von Ihrem Problem zu entfernen, aber das Problem selber kann ich nicht beseitigen, verstehen Sie?

Ja, sagte sie leise.

Ich empfehle Ihnen kleine zärtliche sinnlose Tätigkeiten, die Ihnen helfen, über den Tag zu kommen.

Was zum Beispiel?

Beobachten Sie die Flugzeuge über der Stadt. Sie sehen aus, als würden sie gleich vom Himmel fallen. Aber sie fliegen nur langsam über die Dächer und landen ordentlich auf dem Flughafen, sagte ich.

Frau Steuben traten Tränen in die Augen. Kurz danach machte ich mir klar, dass ich mich nicht noch einmal mit Frau Steuben treffen würde. Natürlich sagte ich ihr das nicht. Ich erhob mich und ging langsam in Richtung Tür.

Was kostet diese Beratung? fragte sie.

Nichts.

Nichts?

Ich arbeite nicht mehr als Überwinder, sagte ich.

Ach so! Aber Sie können's noch gut!

Wir lachten. Dann öffnete ich die Wohnungstür und ging das Treppenhaus hinunter.

8

Die Mittagsstunde war schon fast vorüber, ich hatte Hunger. Ich kam absichtlich ein wenig zu spät, aber die Erfrischungsabteilung war immer noch überfüllt. Überall saßen und standen Männer und Frauen, aßen etwas und blickten nervös umher. Viele von ihnen sahen aus, als warteten sie darauf, dass ihr Leben losbrandet, irgendwo, keinesfalls hier, sondern weit weg. Obwohl ich die Leute nicht ansehen wollte, beobachtete ich sie, distanzierte mich von ihnen und dann auch von mir, weil ich mich von niemandem distanzieren wollte. Ich kaufte ein Pfund Aprikosen, ein paar Tomaten und eine Schale Erdbeeren. Zu Hause würde ich versuchen, mich am Anblick des Obstes zu erfreuen, was wieder nicht richtig klappen würde. In einer anderen Abteilung gab es Walnussbrot, Pistazienleberwurst und Schwarzwälder Pflaumenschnaps. Ich war dicht davor, die Erfrischungsabteilung zu verlassen, da entdeckte ich Sonja. Ich vermutete, dass sie mich schon zuvor gesehen hatte. Aber ich kannte ihr Vergnügen daran, in einem Gewühl von mir entdeckt zu werden. Sie trug eine prall gefüllte Plastiktüte und schien ermüdet zu sein, da kam sie auf mich zu. Wir begrüßten uns überrascht und herzlich und traten ein wenig zur Seite.

Ist dein Mann auch hier? fragte ich.

Nein, wie kommst du darauf?

Ist er nicht eifersüchtig?

Ja, sehr.

Hältst du es für möglich, dass er dich heimlich überwachen lässt?

Ja, klar.

Warum?

Weil er glaubt, dass ich mit ihm unzufrieden bin.

Bist du das nicht auch?

Unzufrieden bin ich immer, sagte sie, dazu brauche ich keinerlei Wirklichkeit.

Auf welchen Gebieten bist du mit ihm unzufrieden?

Auf fast allen, sagte sie und lachte.

Oh, machte ich.

Der Eifersüchtige will sehen, wie der andere aussieht, der ihm überlegen ist.

Ich wollte noch etwas fragen, aber dann sagte sie: Jetzt hören wir auf mit diesem Thema, ja?

Hast du nicht Hunger?

Doch, sagte sie, deswegen bin ich hier.

Die Auswahl hier ist nicht groß, sagte ich. Ein halbes Hähnchen, gebratenes Hammelfleisch, eine Hühnersuppe, eine halbe Pizza oder eine Forelle.

Ein halbes Hähnchen reicht mir, sagte sie, die sind hier doch frisch?

Vermutlich.

Ich will bloß keine Speisekarten mehr lesen, wahrscheinlich ist das eine Alterserscheinung, sagte sie.

Ich bin auch mit einem Hähnchen zufrieden, sagte ich.

Wir stellten uns an eine Hähnchenbude und gaben unsere Bestellung auf.

Trinkst du einen Wein? fragte ich.

Auf keinen Fall, sagte sie, dann würde ich nach Alkohol riechen, und dann wäre mein Mann schon wieder eifersüchtig.

Wahrscheinlich mit Grund, dachte ich, hielt aber den Mund. Ich wartete darauf, dass sie mich fragte, was ich zurzeit arbeitete, aber sie fragte nicht.

Würdest du noch mal heiraten? fragte ich.

Auf jeden Fall, ich bin eine Frau, die fast jeden Tag vor dem Leben Angst hat und deswegen am besten heiratet.

Ein junger Mann trug unsere Brathähnchen an unseren Tisch. Ich bestellte ein Glas Wein, für Sonja ein Glas Wasser.

Ich hoffe, du nimmst mir nicht übel, wenn ich mich auf das Hähnchen stürze wie ein Kind auf einen Pudding.

Sonja lachte.

Ein Mann streifte an den Tischen vorbei und suchte in den Abfallkörben nach nicht ganz leer getrunkenen Plastikbechern. Eine Weile waren wir über unsere Teller gebeugt und schwiegen.

Dann fragte Sonja: Gibt es zurzeit eine Frau an deiner Seite?

Ich überging die Frage und machte Sonja auf ein altes Ehepaar mit Sturzhelmen auf dem Kopf aufmerksam. Ich gestand mir zum wiederholten Mal ein, dass ich Sonja zurückhaben wollte. Es handelte sich nur um einen Wunsch und nicht um einen Plan, was ich auch für mich behielt. Sonja war nicht nur verheiratet, sie saß ihrem Mann jeden Tag im Büro gegenüber. Ich dagegen gehörte zu den vielen Menschen, die ihre Erlebnisse oft nicht abschließen konnten. Eben deswegen war ich vermutlich Überwinder geworden, worüber ich in dieser halben Stunde auch nicht reden wollte. Es war wie so oft: die Einzelheiten meines Lebens passten nicht zueinander. Nein, es war schlimmer: die Einzelheiten durften nicht voneinander wissen, dass sie gleichzeitig existierten. Ich mochte Sonja noch nicht sagen, dass ich mein früheres Lotterleben beendet hatte und einen angesehenen

Beruf ausübte. Dann hätte ich auch sagen müssen, dass es mich zum Taunus-Anzeiger verschlagen hatte, und dagegen verwahrte sich meine Scham. Vermutlich hatte Sonja vergessen, dass sie mir in früheren Jahren meine ungewisse Existenz vorgehalten hatte. Genaugenommen war ich nur wegen ihr Provinz-Redakteur geworden. Das Wort *Provinz-Redakteur* dachte ich oft. Es enthüllte die Spaltung meiner Lebensweise: Einerseits war ich dankbar für den Beruf, andererseits lehnte ich die Provinz ab. Wie so oft war ich der Enthüllung der Kompliziertheit nicht gewachsen. Eine junge Frau mit Kleinkind öffnete ein Gläschen mit Babynahrung und begann, das Baby zu füttern. Aber das Kind verschloss seinen Mund, drehte das Gesicht zur Seite und begann zu schreien. Wenn ich mich nicht täuschte, griff der Ekel des Kindes auf uns über. Die Mutter versuchte, das Kind umzustimmen, was ihr nicht gelang. Sonja ließ ihr Hähnchen stehen und schaute zur Fischabteilung hinüber. In merkwürdig gemeinsamer Eile zahlten wir und verließen die Erfrischungsabteilung.

Nur drei Tage später, an einem Samstagnachmittag, klingelte Sonja bei mir. Sie hatte wieder eine Menge eingekauft und stellte ihre Tüten neben der Garderobe ab. Sie war erregt und schwitzte und umarmte mich und begann zu schluchzen. Ich habe einen großen Fehler gemacht, sagte sie. Aus einer Plastiktüte hob sie eine Schale Erdbeeren heraus, wusch sie in der Küche und schenkte sie mir. Wir küssten uns wie früher und zogen uns dabei aus wie früher. Als wir halb entkleidet waren, sagte sie: Manchmal, im Büro, wenn ich zu lange an dich denke, werde ich plötzlich feucht in der Unterhose, dann gehe ich in die Toilette, schiebe mir zwei Papiertaschentücher zwischen die Beine, gehe zurück an meinen Platz und schaue umher, weil ich fürchte, dass der eine oder andere ahnt, womit ich kämpfe.

Sie lachte gekünstelt, aß zwei Erdbeeren und fragte: Warum hast du mich nicht rechtzeitig geheiratet?

Ich habe nicht geahnt, sagte ich, dass dir das so wichtig ist.

Aber ich habe dir doch oft gesagt, dass ich eine verheiratete Frau sein will.

Stimmt, sagte ich, aber ich habe es nicht ganz ernst genommen.

Hast du geglaubt, dass ich dir ein Theater vorspiele? Aber jetzt ist es zu spät, sagte sie, nein, es ist nicht zu spät, wir können uns immer noch treffen. Ich bin jetzt eine verheiratete Frau mit Liebhaber, das Normalste von der Welt. Nur, mein Ehemann sitzt mir Tag für Tag gegenüber, das ist ganz unnormal.

Sie hörte auf zu schluchzen und kicherte. Wir standen uns halbnackt gegenüber. Sie zog mein Unterhemd hoch zu ihrem Gesicht und roch daran und redete. Mein Mann will, dass ich mit ihm in die Alpen fahre, und er will, dass wir zusammen mit seinen Eltern Weihnachten feiern. Und ich bin sogar meistens zufrieden, wenn ich abends mit ihm vor dem Fernseher sitze. Aber bei dir im Bett bin ich eine zitternde und schreiende Frau, mein Gott, ich weiß nicht, ob sich mein Mann so etwas vorstellen kann.

Wenig später lagen wir nebeneinander und verhakten unsere Beine ineinander. Ich schob mir ihre Brüste in den Mund und saugte daran wie ein altes Kind. Wenig später war ich wieder erstaunt, dass Sonjas Geschlecht exakt auf meine Mundöffnung passte beziehungsweise umgekehrt. Vielleicht war es ihr ein wenig peinlich, dass ich zu oft mit dem Mund ihr Geschlecht suchte. Aber jetzt schien sie wieder sehr bereit, vielleicht aus Dankbarkeit. Sie hob die Beine ein wenig in die Höhe, damit ich leichter in sie eindringen konnte. Während des Beischlafs begann Sonja zu schluchzen. Momentweise glaubte ich, sie sei erschüttert über ihre eigene Hingabe. Aber ich hatte mich geirrt. Sie begann erneut, über ihre Ehe zu sprechen. Es war ein Fehler, wiederholte sie, diese Ehe, etwas Idiotischeres hätte ich nicht tun können. Ich hatte mich an ihren Unterleib verloren und interessierte mich nicht für ihre Ehe. Später kraulte sie mich mit beiden Händen am Kopf und zog mich sanft nach oben. Jetzt war sie erschöpft und schloss die Augen und legte sich die linke Hand auf den Mund. Dann und wann schob sie sich ihren kleinen Finger zwischen die Lippen und hielt ihn dort, bis sie für eine Weile einschlief. Mir wurde klar, dass ich ihr auch heute nicht sagen konnte, dass ich Redakteur beim Taunus-Anzeiger geworden war. Ein paar Sonnenstrahlen drangen an den Blättern der Platane vorbei und blitzten in das Zimmer. Einzelne Blätter wedelten am Rand des Baums, sonst rührte sich nichts. Sonja wurde unruhig, weil sie nach Hause musste. Sie zog sich rasch an, winkte mit beiden Händen und ging. Ich blieb leer und ideenlos zurück. Ich war überzeugt, Sonja heute endgültig an mich gebunden zu haben. Ihre Hingabe erschien mir einzigartig, meine allerdings auch. Ich hoffte, Sonja hatte verstanden, dass es mein Außer-mir-Sein nur gab, weil sie auf der Welt war und mich einhüllte mit ihrem Drang.

Nach ein paar stillen Minuten schaltete ich das Radio an. Ich erschrak ein wenig, weil ich wieder vergessen hatte, dass das Radio vermutlich kaputt war. Der Programmempfang war nur dann einigermaßen klar, wenn ich meine Hand direkt vor den Lautsprecher hielt. Das Radio stand neben meinem Bett, so dass ich den linken Arm leicht über den Radiokasten legen konnte. In früheren Zeiten war es möglich gewesen, mit einem solchen Gerät zu einem Radiohändler zu gehen, der es für ein paar Mark reparierte. Solche Radiohändler waren seit langer Zeit verschwunden. Es gab nur noch die großen Kaufhäuser, aber auch dort konnte man sein kaputtes Radio nicht abliefern. In den Kaufhäusern wurde erwartet, dass ein Mensch sein altes Radio wegwarf und ein neues kaufte. Ich half mir, indem ich ein Buch aus dem Regal zog und es gegen den Lautsprecher stellte. Durch diesen Widerstand war der Empfang des Programms eine Weile gesichert. Nach dem Radio schaute ich meine Möbel an. Sie baten stumm, von mir nicht abgeurteilt zu werden. Andernfalls drohten sie, sich in Gerümpel zu verwandeln, dessen Anblick schnell unerträglich wurde. Das Problem war, dass ich meine Möbel gar nicht anschauen konnte, ohne sie gleichzeitig zu verurteilen. Wie alle Angeklagten wurden die Möbel während ihrer Geständnisse unscheinbar und fahl. Jetzt verhöhnte ich selber meine Möbel und nahm in Kauf, dass sie dabei klapprig und ältlich ausschauten. Ich hatte viele Jahre mit diesen Möbeln zusammengelebt und sie dabei immerhin momentweise liebgewonnen. Deswegen zitterten sie jetzt, als sie merkten, dass sie unverdient verhöhnt wurden. Um mich auf andere Gedanken zu bringen, dachte ich eine Weile an meine Kindheit. Das war auch kein guter Einfall, aber ich hatte im Augenblick keinen besseren. Obwohl meine Kindheit miserabel und lächerlich war, erinnerte ich mich in den letzten Jahren gerne an sie. Als Kind kam ich erheblich besser damit zurecht, dass ich zu wenig verstand. Zum Beispiel sagte mein Vater oft zu mir: Du sollst nicht dauernd lügen, hörst du?! Dabei wusste ich nicht einmal, dass ich log. Ich sprach doch nur aus, was mir durch den Kopf zog. Das wiederum verstand aber mein Vater nicht.

Etwa eine Woche später versetzte mich der Chefredakteur in die Sportredaktion. Der Sportredakteur war Opfer eines Unfalls geworden und lag schwerverletzt im Krankenhaus. Ich musste mich jetzt am Sonntagmorgen auf einen Fußballplatz der Kreisliga stellen, mit einem Stenoblock in der linken Hand, einem Kugelschreiber in der rechten, unter dem linken Arm einen aufgespannten Schirm, weil es in der Provinz erheblich öfter regnet als in den Städten. Als ich an einem Sonntagnachmittag einen Zweispalter über ein Fußballspiel schrieb, hatte ich plötzlich das Gefühl, dass ich nicht mehr tiefer sinken konnte. Ich ahnte in diesen Augenblicken deutlich die Umbiegung meines Lebens in ein staubiges Drama, an dem ich eines Tages ersticken musste. Im Zentrum des Dramas steckte das Verbot, über es selbst zu sprechen. Es fehlten mir tatsächlich die Worte und die Gründe, die mir mein Schicksal plausibel hätten erscheinen lassen können. Ich beklagte eine Weile meine fehlende Selbstfürsorge (niemals hätte ich in diese Redaktion eintreten dürfen) und meine nach wie vor mangelhafte Verwurzelung in der Welt. Schon eine Stunde später drehten sich meine Gefühle. Jetzt war ich dankbar, dass es mir gelungen war, unauffindbar zu werden. Ich hatte es tatsächlich geschafft, mein Leben zu verstecken. Zwischendurch dachte ich über eine Theorie der Überwindung nach und bedauerte dabei die viel zu plumpen Tauben. Meine Theorie lief dabei auf den Punkt zu, dass der Mensch nichts weiter tun sollte, als sich auf eine Bank zu setzen und auf die Dinge zu starren, die sich in seiner Umgebung befinden, also auf Bäume, Fahrräder, einen Fluss, auf Frauen mit Kinderwagen, einen vorbeilaufenden

Hund, auf stumme Gärtner und ein Schülerliebespaar auf der Bank nebenan. Mit der Zeit würde sich das Gefühl einstellen, dass es die Dinge nicht mehr gab, sie hatten sich aufgelöst durch den Bann, der vom menschlichen Auge ausging. Das wäre die einzig mögliche Befreiung. Der Mensch musste nur Geduld mitbringen und bei der Selbstauflösung ruhig zuschauen können. Die Tauben erschienen mir als die einsamsten Tiere der Welt. Sie trieben sich überall dort herum, wo sie nicht geduldet wurden, in U-Bahnhöfen, auf Gleisanlagen, auf Caféterrassen, einige verirrten sich sogar in die Supermärkte. Nur durch ihr hilfloses Erscheinen trat ihre totale Einsamkeit hervor, aus der sie dann auch noch vertrieben wurden. Erst am Ende des Tages dachte ich an Sonja. Einmal hatte sie versucht, eigene Kleider, die sie nicht mehr trug, auf dem Flohmarkt zu verkaufen. Sie verkaufte kein einziges Stück, wahrscheinlich waren ihre Preise zu hoch. Zum Glück hatte sie Geld dabei, damit sie wenigstens die Standmiete bezahlen konnte. Sie redete nicht darüber, warum sie überhaupt Kleider verkaufen wollte. Dass sie zusätzliches Geld benötigte, schien mir unwahrscheinlich, aber ich fragte nicht. Sonja gehörte zu den wenigen Menschen, die Monat für Monat ihr Gehalt nicht restlos aufbrauchten. Ich vermutete, dass sie sich ein Sparbuch angelegt hatte, was ihr vermutlich selbst zu spießig war. Sie fragte auch nicht, ob mir die Arbeit beim Taunus-Anzeiger gefiel oder nicht. Sie wusste viel zu genau, dass jeder Mensch zu seiner Arbeit ein unaufhebbar strittiges Verhältnis hatte. Mir wurde hingegen klar, dass ich Schmidbauer nicht jeden Tag anschauen und anhören konnte, sowenig wie seine Sekretärin und weite Teile der Belegschaft. Das einzig wirklich Schöne war die Fahrt mit der S-Bahn in den Taunus. Die Bahn fuhr an unbenutzten Lagerhallen vorbei, an halbleeren Parkplätzen in der Nähe der Bahnhöfe, an unbewohnt scheinenden Wohnhäusern. Ich sah die Rückseite von vernachlässigten Einfamilienhäusern, ich sah einzeln aufragende Lärmschutzzäune, zugemauerte Bahnwärterhäuschen, einzelne Wassertürme auf freier Fläche, junge Kälber auf kargen Wiesen, dazu Pferde und Schafe und Männer, die nach den Tieren schauten. Sie fraßen immerzu und merkten nicht, dass Menschen an ihnen vorbeifuhren, die Gefallen an ihnen gefunden hatten. Aus rätselhafter Notwehr dachte ich schon wieder an meinen Vater. Unvergesslich war mir, wie sehr er sich gegen das Telefon wehrte, das seine Frau in den siebziger Jahren bei der Post beantragte. Seine Begründung war: Ich brauche kein Telefon, ich rufe niemanden an. Am rätselhaftesten war, dass mir diese Begründung erst heute gefiel. Das Telefon wurde geliefert, Vater fasste es tatsächlich nicht an. Solche Erinnerungen gelangen mir an totenstillen Nachmittagen beim Taunus-Anzeiger. Als ich Kind war, trat ich zuweilen an die Tischkante, drehte den Kopf, bis er seitlich auf der Tischplatte lag. Es sah merkwürdig aus, aber es war nicht verboten. Peinlich war nur, dass ich diese Erinnerungen während der Fahrt in der S-Bahn erfand und sie später in der Redaktion als Wahrheit erzählte. Zur Erklärung sagte ich mir, dass ich zu lange mit mir allein war, obwohl mir die Schönheit meiner erfundenen Erinnerungen selber gefiel. Ich überlegte sogar, ob ich in der Redaktion nicht einfach sagen sollte: Ich erzähle euch jetzt wieder ein paar eins-a-erfundene Erinnerungen! Ich war überzeugt, dass niemand Einspruch erhoben hätte.

Die Geräusche im Radio hörten nicht auf, im Gegenteil, sie wurden aufdringlicher. Es klang, als würde in einem leeren Treppenhaus eine große Menge Altpapier zerknüllt, dann wieder auseinandergefaltet und erneut zerknüllt. Weil der Empfang in der Nacht vergleichsweise klar blieb, half ich mir mit meiner über dem Lautsprecher baumelnden Hand aus. Das Radio war dem Sonnenlicht ausgesetzt, was mich vorübergehend zu der Annahme verleitete, ich müsste es vor Wärme schützen. Ich nahm den Deckel eines Schuhkartons, schnitt ihn zurecht und lehnte ihn an der Sonnenseite gegen das Radio. Mit zwei kleinen Eisengewichten versuchte ich, das Abrutschen des Deckels zu verhindern. Sonja hatte meine Einfälle immer verhöhnt. Sie sagte, ich solle mir einfach ein neues Radio kaufen. In ihrem Rat hörte ich das Echo der uns beherrschenden Konsumindustrie, die jedes Problem mit einem Neukauf aus der Welt zu schaffen gewohnt ist. Es gibt keine Radios mehr, sagte ich tatsächlich. Was soll das heißen, fragte Sonja kühl. In den Kaufhäusern gibt es nur noch Fernsehapparate, sagte ich. Ich glaube, du warst schon sehr lange nicht mehr in einem Medienkaufhaus, sagte sie.

Tatsächlich kannte ich nicht einmal das Wort Medienkaufhaus. Ich neigte dazu, eine Realität namens Medienkaufhaus schon deshalb zu leugnen. Noch bevor ich am folgenden Wochenende ein sogenanntes Medienkaufhaus gefunden hatte, entdeckte ich eine große Zoohandlung, in die ich sofort eintrat. Ringsum hingen und standen riesige Käfige mit Papageien und kleineren Reptilien, außerdem Terrarien mit Schlangen, Vogelspinnen und Schildkröten. Ich blieb vor einer Pinnwand stehen und las: Junge Katzen zu verkaufen. Telefon ... Wellensittiche kostenlos abzugeben. Auskunft im Laden. Junger Mann zum Hundeausführen gesucht. Telefon ... Eine füllige Verkäuferin kam auf mich zu und zeigte mir auf ihrer Handfläche eine prächtig schillernde Eidechse. Die Frau hatte die Absicht, mir das Tier auf die Hand zu setzen, wovor ich mich jedoch rasch umwandte und den Laden verließ. Ich verschwand in Richtung Innenstadt, aber schon nach etwa fünfzig Metern erinnerte ich mich an die Zeile: Junger Mann zum Hundeausführen gesucht. Jetzt, bei der Überquerung der Konstabler Wache, gestand ich mir ein, dass mir mein Dasein beim Taunus-Anzeiger zu einer Belastung geworden war. Ich konnte nicht sagen, was mich am meisten bedrückte: die provinzielle Geschäftswelt einer Kleinstadt, das Gehabe der örtlichen Politiker oder die Dumpfheit der lokalen Prominenz. Dabei war mir klar, dass ich die Kleinstadt nicht kannte und auch nicht kennenlernen wollte. Mein alter, noch immer nicht ermüdeter Hochmut schlug mir aufs Gemüt und wollte sich nicht beruhigen. Am kuriosesten war vielleicht, dass Schmidbauer tatsächlich anfing, sich als Koryphäe der Philosophie darzustellen. Er brachte eine soziologische Fachzeitschrift mit, in der er einen Aufsatz mit dem Titel »Gemischte Identitäten« veröffentlicht hatte. Am Mittagstisch wies er seine Kollegen darauf hin, dass ein Schweizer Fachverlag demnächst alle seine Essays in einem Band vorlegen werde. Als ihm niemand antwortete, sah Schmidbauer mich an, aber auch von mir kam kein Kommentar. Ich hatte nicht das Gefühl, bis heute nicht, dass ich auf irgendeinem Gebiet ein Experte geworden war. Schmidbauer wollte nicht bemerken, dass er mich überschätzte. Ich lief als Redakteur einer Provinzzeitung umher, schaute mir irgendetwas an, ging dann in die Redaktion und schrieb einen möglicherweise hübschen, aber mit Sicherheit belanglosen Artikel.

9

Kurz vor Ladenschluss erschien ich erneut in der Zoohandlung und notierte mir die Telefonnummer der Frau, die einen Hundeausführer suchte. Am Telefon erklärte sie mir weitschweifig, um welche Hunderassen es sich handelte. Ich erschrak, als ich hörte, dass es sich um mehrere Hunde handelte. Ich wartete, bis sie mir sagte, was sie mir zahlen wollte. Wahrscheinlich haben Sie sich mehr versprochen, sagte sie. Ja, gab ich zu, ich bin kein Oberschüler mehr, der sich ein Taschengeld verdienen will. Was sind Sie denn von Beruf, fragte sie, was mich in Verlegenheit brachte. Dass ich Redakteur war, wollte ich ihr nicht sagen. Ich sagte: Ich bin Nachtportier in einem Hotel. Ach so, machte sie lebhaft, das ist ja praktisch, dann haben Sie tagsüber viel Zeit. Ja, sagte ich lustlos, ich werde mir Ihr Angebot überlegen. Danach war das Telefonat zu Ende, ein weiteres fand nicht mehr statt. Ich saß in der Küche am Fenster, sah auf den Balkon hinaus und wartete auf eine andere Stimmung. Welke Blätter trieben auf dem Balkon hin und her, eine Taube flatterte herbei und schiss, manchmal hüpfte ein Eichhörnchen am Geländer entlang und suchte nach Nahrung.

Ich war unentschieden, ob ich ins Kino gehen oder mir ein neues Radio kaufen sollte. Um achtzehn Uhr lief ein Film über eine rumänische Romafamilie in einem Stadtteilkino, aber eigentlich interessierte mich auch der Film nicht. Dennoch legte ich mir eine Hose und ein frisches Hemd zurecht.

Ich kann mich über mehrere Stunden hin einer Absicht nähern und führe sie dann doch nicht aus. Gegen sechzehn Uhr begann mein Kinoplan zu bröckeln. Auf meiner Hose war immer noch der Rote-Bete-Fleck zu sehen, den ich mir damals beim Abendbrot bei Sonja eingefangen hatte. Der Fleck wurde von Tag zu Tag blasser und verlieh meiner Hose eine gewisse Zärtlichkeit. Sonja regte wiederholt an, ich sollte, wenn ich Salat aß, grundsätzlich meine Hose ausziehen. Die Belehrung kränkte mich, allerdings nur ein bisschen. Mir machten Wiederholungen nur noch wenig aus, ich selbst war eine und wusste es. Mein Leben bestand aus Belehrungen und Wiederholungen von Belehrungen. Ich überlegte kurz, ob ich ein wenig spazieren gehen sollte, ich kam wieder davon ab. In der Wohnung suchte ich Zuflucht auf der Straße, auf der Straße suchte ich Zuflucht in der Wohnung. Zu oft irritierten mich die vielen armen Leute auf der Straße, auch sonntags. Ich machte mir ein Marmeladebrot und eine Tasse Kaffee und trug beides in mein Zimmer. Ich benutzte neuerdings benutzte Teller ein zweites Mal. Das klingt dramatischer, als es war. Es blieben immer nur ein paar Krümel übrig, die ich dann in den Müll kippte. Während ich das Marmeladebrot aß, überkam mich ein Verlangen nach Sonja. Es störte mich, dass ich wenig später an eine ältere, liebevolle Prostituierte dachte, die ich vor etwa zwanzig Jahren zuweilen besucht hatte. Sie wusste, dass das männliche Geschlecht ein Quälgeist ist, das nach ein paar guten Griffen von seinen Peinigungen abließ, jedenfalls stundenweise. Das Dröhnen der abrauschenden Flugzeuge am Himmel störte eine Violinsonate von Bach, die gerade im Radio gesendet wurde. Ich überlegte zum wiederholten Mal, ob ich des Lärms wegen in eine andere Stadt ziehen sollte. Aber ich fühlte mich zu alt für solche Umzüge, außerdem wollte ich in der Nähe von Sonja bleiben. Oft lagen wir eng umklammert im fremden Flugzeuglärm und waren einer Meinung, dass die Welt draußen nur schwer erträglich war. Da fing es an zu regnen. Amseln schwirrten nervös umher, eine Elster suchte Schutz auf meinem Balkon. Wenig später war die Violinsonate zu Ende, es erhob sich der Beifall der Konzertbesucher. Da fiel mir zum ersten Mal auf, dass das Geräusch des Regens und das Geräusch des Beifalls einander stark ähnelten. Ich legte den Rest des Marmeladebrots zur Seite und gab mich dem Gleichklang hin. Ich wartete ungeduldig das Ende einer Beethovensinfonie ab, nur um erneut über den rätselhaften Gleichklang von Beifall und Regen zu staunen. Ich wunderte mich, weil ich (eigentlich) keinerlei mystische Neigungen hatte. Es erfasste mich eine kleine häusliche Hysterie, die es mir ratsam erscheinen ließ, zur Sicherheit die Wohnung zu verlassen.

In der U-Bahn, als ich meinen Arm nach einem Haltegriff ausstreckte, sah ich die durchgewetzten, zum Teil schon fast gerissenen Stellen meines Hemdes unter meiner rechten Achsel. Sonja hatte mich schon oft aufgefordert, das Hemd (die Hemden) wegzuwerfen und neue zu kaufen, ich lehnte meistens ab und zog die vernutzten Hemden weiter an. Denn sie waren für mich die stummen Zeugen meines vielfachen und dennoch geheim bleibenden Scheiterns, die ich nur momentweise zu zeigen bereit war. Dabei fuhr ich nur drei Stationen, um mir in einem sogenannten Medienkaufhaus ein neues Radio zu kaufen. Kurz nach dem Verlassen der U-Bahn sah ich ein heruntergekommenes Kino, dessen Anblick mir unerwartet Freude machte, weil ich in diesem Kino vor langer Zeit eine Maus gesehen hatte. Das Tier lief an der Wand links entlang, ich saß auf dem linken Endplatz einer Sitzreihe und aß kleine Keksstücke. Eines davon warf ich in Richtung der Maus. Das emsige Tier entdeckte das Keksstück sofort und aß es an Ort und Stelle. Ich lief weiter und fragte mich, ob es in diesem Kino immer noch Mäuse gab, die von mitfühlenden Besuchern heimlich durchgefüttert wurden. Im Medienkaufhaus Planet traf ich Frau Steuben, genannt Anita. Sie lachte und blieb stehen. Ich streifte mit den Lippen ihre rechte Wange und sagte: Du siehst sehr gut aus.

Was machst du hier? fragte sie.

Ich will mir ein neues Radio kaufen.

Oh, machte sie, das wird aber auch Zeit.

Wieso?

Dein Radio hatte schon damals kleine Macken, sagte sie.

Ich lachte aus Verlegenheit.

Welche Art von Radio willst du kaufen?

Ich habe keine Ahnung, sagte ich wahrheitsgemäß.

Soll es groß sein oder klein, willst du einen Weltempfänger, oder reichen dir die hessischen Sender?

Während wir redeten, erinnerte ich mich an die schöne Zeit mit Anita. Ich ging mit ihr damals oft in den Grüneburgpark. Wir umarmten uns und küssten uns heftig. Am besten gefiel mir, wenn sie sich den BH seitlich durch die Armöffnung ihres Kleids herauszog und dann in ihrer Handtasche verstaute. Ich überlegte schon, ob ich Anita nicht mitnehmen sollte in meine Wohnung. Aber eigentlich wollte ich keine neuen Komplikationen mit Frauen. Außerdem genierte ich mich plötzlich der Zustände in meiner Wohnung. Die herumliegenden Hosen überall, im Badezimmer die nicht weggeräumte schmutzige Unterwäsche, die ungeputzten

Schuhe, die Löcher in den Pullovern, schrecklich. Sonja drohte mir zuweilen, dass sie mich bald nicht mehr besuchen wollte, wenn sich die Misswirtschaft nicht bald besserte. Sie lachte über das Wort Misswirtschaft und besuchte mich wieder. Ich überlegte, ob ich mit Anita nicht wenigstens ein Treffen vereinbaren sollte. Ich kannte außer Sonja keine Frau, mit der ich mich so rasch und umstandslos verabreden konnte. Jetzt fiel mir auch noch ein, dass Anita die einzige Frau war, die mir dann und wann den Schwanz wusch. Es ist besser so, sagte sie vieldeutig. Anita riet mir, ich sollte mir ein kleines, handliches Radio kaufen, das ich problemlos von diesem in jenes Zimmer transportieren konnte. Durch meine Erinnerungen war ich weich und gefügig geworden. Ich hätte nichts dagegen gehabt, wenn Anita mit mir das Kaufhaus Planet verlassen hätte, aber soweit kam es nicht. Plötzlich verabschiedete sie sich und küsste mich dabei flüchtig. Ich weiß nicht, wie es dazu kam, dass ich mir kurz danach zum ersten Mal vorstellte, wie es wäre, wenn ich mich vom Taunus-Anzeiger nicht mehr befreien könnte. Der Gedanke versetzte mich in eine kleine Anspannung, die dazu führte, dass ich mit gestreckten Fingern in meinen Hosentaschen bohrte. Das Herumbohren in der Nähe des Geschlechts ähnelte einer plötzlichen Zurückschleuderung in die Kindheit. Wie als Kind glaubte ich eine Weile, dass ich innerlich austrocknete und dass mir nicht zu helfen war. Etwas kratzte mich während des Gehens, entweder meine Unterwäsche, mein Hemd, ein loses Gummibändchen in der Unterhose oder was sonst? Ich verschwand in der Kundentoilette des Medienkaufhauses und zog mich halb aus. Was mich kratzte, war ein winziges Stück Papier mit der Kontrollnummer der Wäscherei und eine kleine offene Sicherheitsnadel, ebenfalls aus der Wäscherei. Durch den Schreck konnte ich aufhören, mich wie in der Kindheit zu fühlen. Ich kaufte rasch ein neues Radio, entschied mich aber, das alte nicht wegzuwerfen. Ich hatte die Vorstellung, das alte Radio könne eines Tages wieder wie früher funktionieren. Vermutlich ähnelte ich mehr und mehr vielen alten Leuten, die sich von nichts trennen können. Eine Weile schimpfte ich stumm auf die jungen Leute, die fix im Wegwerfen sind, weil ihnen die Idee, dass sie eines Tages selbst aus dem Verkehr gezogen werden, noch ganz fremd ist. Auch Sonja wollte ich nicht sagen, dass ich mein kaputtes Radio aufbewahrte. Gleichzeitig war ich dankbar, dass es mich ebenfalls nach Anita verlangte. Ich fragte mich, ob Anita eine Ahnung davon hatte, dass ich sie mehr brauchte, als ich eingestand, und ob ich ihr dieses Geständnis bei nächster Gelegenheit machen sollte. Ich nannte Anita meine Lebensfortsetzungsbegleiterin und freute mich über das umständliche Wort. Das Wort sollte ausdrücken, dass Anita ohne besondere Verabredung in mein Leben eintreten und ohne besondere Verabredung aus diesem wieder verschwinden konnte.

Ich kam nach Hause, packte das neue Radio aus und knipste es an. Ich lauschte eine Weile der Radiomusik und schaute durch die Balkontür einer Amsel dabei zu, wie sie mit dem Schnabel in den Blättern vom Vorjahr herumstocherte und dabei mit einer Art Polizistenblick in die Gegend starrte. Ich machte mir Sorgen, dass ich vielleicht bald wieder einen Backenzahn verlor. Im Badezimmer hing ein Zettel mit der Aufschrift: Heute unbedingt duschen. Denn es war möglich, dass ich mit Sonja schon wieder ins Kino ging, dann durfte ich nicht düfteln, wie Sonja sich ausdrückte. Nach meinen Vorstellungen gingen wir zu oft ins Kino. Die

Filme, die ich sah, beeindruckten mich nicht. Am Ende eines Films hatte ich seinen Anfang meistens schon vergessen. Beim Duschen hatte ich wieder leichte Schwindelgefühle. Ich verließ kurz die Badewanne und wartete ab, bis der Schwindel verschwunden war oder sich verwandelt hatte in den höheren Schwindel, dass ich dem Taunus-Anzeiger vielleicht nicht mehr entkommen konnte. Es irritierte mich, dass sich Sonja nach wie vor nicht erkundigte, wie ich mit dem Taunus-Anzeiger zurechtkam. Wahrscheinlich ging sie davon aus, dass es dem Menschen dort, wo er sein Geld verdienen muss, sowieso nicht gefallen *kann.* Wie selbstverständlich nahm sie an, dass über diesen Zwang niemand sprechen würde. Mehrmals täglich durchzog mich das unabweisbare Gefühl, dass sich bei mir eine falsche Biografie an die Stelle einer nicht auffindbaren richtigen Biografie schob und dass die falsche Biografie auch noch attraktiv war, weil durch sie das Erscheinen der bloßen Romanhaftigkeit des Lebens begann. Vieles im Leben geschah nur, damit es verheimlicht werden und im Inneren des Menschen umso heftiger nacherzählt werden konnte. Ich blieb stehen und notierte mir diesen Gedanken auf einem Zettel. Am stärksten beeindruckte mich das Wort Romanhaftigkeit. Es bedeutete nicht, dass das Leben wie ein Roman niedergeschrieben werden musste. Die Betonung lag auf der inneren Gestalt, die ein Mensch von sich selber erfand, indem die Zustände der Romanhaftigkeit wie ein schöpferischer Anhauch durch ihn hindurchzogen. Ich fühlte deutlich, dass die Bedrückung des Taunus-Anzeigers nachließ, wenn seine Romanhaftigkeit mich durchgeisterte. Mit diesen Sätzen im Kopf kam ich nahezu unbehelligt durch den Tag. Es war plötzlich egal, ob ich beim Taunus-Anzeiger blieb oder zu einer anderen belanglosen

Zeitung ging. Das Tageslicht wechselte. Über die Dächer ergoss sich heftiger Sonnenschein wie der männliche Same in einen Frauenleib. Ich wusste nicht, warum mir dieser unpassende Vergleich einfiel, nein, stimmt nicht, ich wusste es, es war die mich nicht zum ersten Mal beschleichende Angst (Ahnung), was Sonja schon länger von mir wollte. Sobald sie die Trennung von ihrem Ehemann geschafft hatte, würde sie schwanger werden wollen – und zwar von mir. Ich hatte keine Ahnung, wie ich mich dazu stellen sollte. Wahrscheinlich würde ich, um einer Überforderung zu entgehen, Sonjas Wunsch erfüllen, um dann, wenn er erfüllt war, umso auswegloser in der Überforderung zu landen. Die Wirklichkeit würde wie so oft über ihre eigenen Zumutungen hinweggehen und mich immer kleinlauter machen. Die Idee von der Romanhaftigkeit allen Lebens gehörte zu den besten Einfällen, die ich bisher gehabt hatte. Es war klar, die Romanhaftigkeit würde das Zentralstück meines Programms als Überwinder werden. Wo ich auch hinblickte, sah ich zahlreiche Vorgänge, die ich ihrer Romanhaftigkeit wegen bestaunte, aber nicht ernst nehmen musste. Hier läuft ein kleiner Roman ab, dachte ich oft und schaute woandershin.

Dass ich beim Taunus-Anzeiger gelandet war, war auch nur eine Art Kurzroman, den ich bald beenden würde. Er hatte seine Aufgabe, Sonja von meiner bürgerlichen Zuverlässigkeit zu überzeugen, inzwischen erfüllt. Allerdings war derweil eine neue Situation eingetreten. Ich schätzte es, ein regelmäßiges Monatsgehalt zu bekommen und mich dafür nicht einmal besonders verausgaben zu müssen. Außerdem gefiel es mir, die merkwürdigen Angestellten zu betrachten und mich heimlich über sie zu amüsieren. Dieser Tage ging Schmidbauer *mit* Sonnenbrille auf die Toilette und kam auch mit dieser wieder daraus hervor. Niemand musste darüber lachen – außer mir, wenn auch nur heimlich. Ich konnte inzwischen sogar erzählen, dass ich auf dem Gymnasium einmal sitzengeblieben war. Eine ältere Dame aus dem Sekretariat bewunderte mich dafür. Menschen, die ihr jugendliches Straucheln zugeben können, sind besonders wertvoll, sagte sie. Beatrix schaute kurz auf, sagte aber nichts. Gewohnheitsmäßig stellte ich mich neben eine Sekretärin an ein Fenster und schaute mit ihr in den Hof hinunter. Einmal trugen Angestellte aus einem anderen Betrieb eine Schale mit Wasser in den Hof. Das Wasser war für die darbenden Vögel gedacht, aber es kam ein Hund und leerte die Schale. Die Angestellten des Taunus-Anzeigers waren empört, ich ebenfalls, aber nicht echt. Ich versuchte, meine Widersprüche zu klären, aber ich kam nicht weit. Weil ich solche inneren Versandungen schon oft erlebt hatte, fürchtete ich immer öfter, dass ich meinen Widersprüchen in Wahrheit nicht gewachsen war. Darüber wollte ich enorm entsetzt sein, aber dann sah ich im Hof eine blonde Frau und überlegte, wie ich sie kennenlernen könnte. Ich wusste schon ihren Namen (sie arbeitete in der Anzeigenabteilung), ich fand sie begehrenswert, aber wenn ich sie in ihr Auto steigen sah, fand ich sie plötzlich trivial. Und als sie sich den Gurt anlegte und sich für die Heimfahrt die Lippen frisch anmalte, wirkte sie geradezu illustriertenhaft. In früheren Jahren gab mir das zeitweise Umherwildern mit Frauen das Ungebundenheitsgefühl meiner Jugend zurück. Jetzt kämpfte ich mit dem Absturz der Bilder und spülte mir den Mund aus, um die Fadheit zu vertreiben. Auf keinen Fall wollte ich noch einmal in meinen früheren Halberlebnissen steckenbleiben. Manchmal lief ich nur deswegen umher, um jemanden zu treffen, der mir etwas Anrüchiges erzählte. Ich fand meistens niemanden, sondern blieb vor den Schaufenstern der Geschäfte stehen. Mit unerträglich leiser Gedächtnisstimme gestand ich mir ein, dass es fast nichts zu sehen gab. Selbst das Stehenbleiben vor schlichten Schaufenstern hatte seine Unschuld verloren. Anrüchig war nur das reale Alter meiner Erlebnisse, sonst nichts. Ich überwand jetzt nur noch mein tatsächliches Leben als Redakteur des Taunus-Anzeigers. Es bildete sich die Gewohnheit heraus, dass ich, bevor ich am frühen Nachmittag in die Redaktion ging, vorher bei einer freien Mitarbeiterin klingelte, um ihre Manuskripte mitzunehmen. Die Frau war ungefähr fünfzig Jahre alt, lebte allein und hatte geschwollene Beine. Zuweilen hatte sie gekocht und lud mich zum Mittagessen ein. Einmal erzählte ich ihr, dass sich in der Redaktion das Gerücht gebildet hatte, dass ich erotische Absichten mit ihr hätte. Die freie Mitarbeiterin war religiös fixiert und schrieb mindestens einmal wöchentlich über einen katholischen Spendenbasar für einen guten Zweck. Sie kam kurz ins Schwitzen, als sie von dem Gerücht hörte, dann fing sie an zu lachen. In der Mitte des Sommers kündigte ein Redakteur. Mit einem anderen Redakteur und einer Sekretärin blieb ich zurück. Ich war sicher, dass kein neuer Redakteur eingestellt wurde. Der Verleger war alt und war täglich von starken Ängsten gepeinigt. Man erzählte sich, dass er in den sechziger Jahren, als das Fernsehen immer populärer wurde, monatelang nicht schlafen konnte, weil er fürchtete, das Fernsehen werde auch den Taunus-Anzeiger in die Pleite treiben. Das Fernsehen stieß keine einzige Zeitung in den Abgrund, im Gegenteil. Die Zeitungen berichteten täglich über die Ehen der Quizmaster und die Affären der Ansagerinnen. Dadurch wurden die Zeitungen noch unentbehrlicher als zuvor, was den Verleger zwar zufrieden, aber auch ratlos machte.

Frau Nägele betrat den Raum und sagte, dass sie dieses Jahr nicht nach Spanien und nicht auf die Malediven fliegen würde. Und Sonja, wo will die hin, fragte sie mich. Fräulein Nägele, sagte ich, und sie unterbrach mich sofort. Sie sollen nicht Fräulein zu mir sagen! Ich entschuldigte mich und schluckte. Sonja, sagte ich, will in diesem Jahr in der näheren Heimat bleiben. Also mal einen Ausflug zum Schwetzinger Schloss, zum Dürkheimer Weinfest, nach Heidelberg oder mit dem Schiff ins Neckartal.

Oh! rief Frau Nägele, das ist ein sehr guter Plan! Sie fahren mit dem Auto nach Heidelberg und steigen dort in einen Dampfer und tuckern auf dem Neckar bis nach Hirschhorn oder Neckarsteinach. Dort steigen Sie aus, trinken Kaffee und essen ein Stück Pflaumenkuchen, das in Neckarsteinach nach wie vor einen Euro kostet, ohne Senf!

Alle außer Frau Nägele lachten.

Dann gondeln Sie wieder zurück! Die Schiffsfahrt ist langsam, sagte Frau Nägele, aber sehr tiefsinnig. Man sieht grüne Abhänge, dunkle Waldränder und gelegentlich ein Reh, das zum Schiff herüberschaut, aber nicht flieht.

Weil auch ich nicht fliehen konnte und Frau Nägele den Raum nicht verließ, erteilte ich mir Redeverbot und stellte mich schon wieder an das Fenster. Ich überlegte, ob schon jemandem aufgefallen war, dass der Stehplatz am Fenster das Bild einer unerlaubten Flucht geworden war. Ich hätte mich gern irgendwo anders hingestellt, aber außer den Fenstern gab es entweder nur Aktenregale oder leere Wände oder die breiten Tische mit den schweren Faszikeln. Es gab wieder einmal nicht so viel Originalität, wie gebraucht wurde. Ein

Eichhörnchen erschien und hüpfte ratlos im Hof umher. Ich sehnte mich nach dem Leben, das ich als Vierzehnjähriger geführt hatte. Damals begehrte ich fast nichts, ich war so gut wie bedürfnislos. Nach der Schule lief ich in der Stadt umher und fand auf der Straße irgendetwas, das mich eine Weile beschäftigte, eine Spielkarte, eine Gummiflitsche oder ein Brillenetui ohne Brille. Wenn ich nichts fand, traf ich einen Mitschüler, der mir ein Sanella-Bild schenkte, das er doppelt hatte. Da betrat Schmidbauer den Raum und fragte, ob ich um sechzehn Uhr eine Pressekonferenz des Tennisclubs besuchen könnte. Ich nickte und ließ mir die Einladungskarte geben.

10

Ich lief durch die Wohnung und suchte meine Hose. Erst nach einer Weile fiel mir ein, dass ich die von mir gesuchte Hose vor Tagen in die Reinigung gebracht hatte. Nur deswegen trug ich vorübergehend meine Zweithose, die ich aus mir nicht bekannten Gründen nicht besonders schätzte. Schon nach kurzer Zeit dachte ich, dass meine Zweithose die Herabwürdigung nicht verdient hatte. Kurz darauf war ich irritiert, dass die Zweithose eine Art Gänsehaut bei mir auslöste. Dabei war mir auch dieser Vorgang lange vertraut: Zuerst muss der Körper die Hose wärmen, danach wärmt die Hose den Körper. Zum Trost dachte ich, dass auch Sonja sichtbar älter wurde. Es war nicht mehr zu übersehen, dass sie einen starken Rücken bekam und einen sich langsam verbreiternden Busen wie einst meine Mutter. Diese Erinnerung störte mich nicht, im Gegenteil; trotzdem behielt ich sie für mich. Ich wusste von mir selber, dass ein allmählich alternder Mensch von niemandem auf sein Altern aufmerksam gemacht werden will. Zu den Veränderungen, mit denen sich Sonja beschäftigte, gehörte auch, dass sie zwischen den Beinen fast immer zu trocken war und nicht wusste, was sie dagegen machen sollte oder könnte. Mach dir keine Gedanken, sagte ich, es ist alles in Ordnung. Sie wusste, dass es nicht mehr in Ordnung war, aber es rührte sie, dass ich kein Aufhebens davon machte. Sonja umfasste mich und sagte: Hoffentlich ist es dir nicht möglich, mich zu verlassen. Während des folgenden Kusses fiel mir das Wort Kriegerwitwe ein, das ich in meiner Kindheit oft gehört hatte. Das Wort wurde damals gebraucht für Frauen, deren Männer nicht aus dem Krieg und nicht aus der Kriegsgefangenschaft nach Hause gekommen waren, obwohl der Krieg selber schon lange vorbei war. Aber jetzt dachte ich, das Wort könnte auch für Frauen passen, die nicht genug kriegen konnten. Die Heftigkeit unseres Kusses führte in Sonjas linkem Auge zu einer kleinen Träne. Der Anblick ihrer Feuchtigkeit im äußeren Augeneck hinderte mich, das Wort Kriegerwitwe auszusprechen. Obwohl mich dieser Gedanke lähmte, musste ich anerkennen, dass mein Leben immer mehr dem Leben der anderen ähnelte. Nein, es war leider komplizierter. Trotz einer äußerlichen Angleichung sah ich deutlich, dass ich mich immer mehr von den Formen des allgemeinen Alltags löste.

Oder war es umgekehrt: Das Leben trennte sich von mir? Schon diese Frage konnte ich nicht beantworten. Dabei war es erst elf Uhr morgens. Ich war allein in meiner Wohnung und war dankbar, dass ich keine bedeutsamen Widerstandshandlungen von mir erwartete. Vom Fenster aus betrachtete ich zwei halb verkommene Rentner und erfreute mich an ihrem Anblick. Die Verwirrung darüber, dass ich nicht klar wusste, ob sich das Leben von mir trennte oder umgekehrt, konnte ich schon lange nicht mehr ernst nehmen. Genaugenommen löste sich der Konflikt in eine größere Zahl von Kleinkonflikten auf, die nur noch albern und lächerlich waren, mir aber trotzdem gefielen. Ich studierte das Kleinkonfliktgebiet gerne, weil es mich auch unterhielt und tröstete. Zwischendurch war ich dankbar, dass ich wenigstens nicht zu den vielen Menschen gehörte, die immerzu von ihrem Vater, von ihrer verkorksten Ehe, von ihrer trostlosen Kindheit oder von ihrer belanglosen Arbeit reden mussten. Ich verließ das Fenster im Zimmer und ging in die Küche. Aus lauter Verharrungslust schaute ich ein paar volle Plastiktüten an, die da und dort in den Ecken lehnten. In einer Tüte befand sich Wäsche, die ich endlich wegbringen musste. Aus einer anderen Tüte im Bad ragten Zeitungen heraus, die ich einem Kollegen versprochen hatte, der sich nicht jeden Tag neue Zeitungen kaufen konnte. Ich suchte nach einer leeren Tüte für die Flaschen unterhalb der Spüle. Sonja schaffte sich demnächst ein Einkaufswägelchen an, das sie künftig hinter sich herziehen musste. Ich war befremdet, hielt aber den Mund. Meines Erachtens waren solche Wägelchen ein Zubehör alter Leute. Sonja war noch nicht so alt, dass sie zu einem Wägelchen passte. Allerdings sagte ich ihr, dass *ich* ihr Wägelchen nicht ziehen würde, wenn sie einmal keine Lust mehr dazu hatte. Voller bösartiger Ironie antwortete sie: Ich weiß, du bist ein moderner Mensch und interessierst dich für die Bankenkrise, für die Europakrise und für die Rentenkrise. Du hast die Landwirtschaftskrise, die Krise des Individuums und die Krise der Psychoanalyse vergessen, sagte ich. Es sollte überheblich und arrogant klingen, aber es klang nur rechthaberisch und kleinlich. Seit kurzem blickte ich auf die digitale Welt und stellte fest, dass ich nichts von ihr wissen wollte: mit innerem Einverständnis. Ich musste nicht wissen, was die digitale Welt war und warum sich so viele Menschen von ihr beunruhigt fühlten. Ich war seit langer Zeit von mir gewohnt, dass ich Ereignisse, die gerade eintraten, sowieso nicht verstand. Ich begriff sie Jahrzehnte später, wenn wir alle in Altenheimen herumsaßen und es nicht mehr darauf ankam, dass wir vor vierzig Jahren irgendetwas hätten verstehen müssen.

Plötzlich fiel mir ein, dass ich mich bis jetzt nur deswegen nicht rasiert hatte, weil ich keinen richtigen Rasierspiegel hatte. Ich besaß nur unhandliche, wenig taugliche Spiegel, die ihre Aufgabe als Rasierspiegel nicht erfüllen konnten. Zum Beispiel einen kleinen, runden Mundwinkelspiegel (aus Sonjas Handtasche) oder eine dreieckige Spiegelscherbe, die ich kaum anfassen konnte, ohne mich zu schneiden. Ich musste mir endlich einen aufstellbaren Handspiegel kaufen, den ich in der Wohnung umhertragen konnte. Aber Sonja hätte protestiert, wenn ich mich zum Beispiel in der Küche rasiert hätte. Also blieb alles beim Alten. Eben deswegen war ich einmal Überwinder geworden, weil die wirkliche Wirklichkeit nur mit der Hoffnung ihres baldigen Verschwindens zu ertragen war. Ich saß halb angezogen am Schreibtisch, als plötzlich im Radio die Lieder eines fahrenden Gesellen erklangen. Ich hörte voll Anteilnahme von den zwei blauen Augen meines Schatzes, der demnächst Hochzeit macht, während ich ein glühend Messer in der Brust hatte. Die Lieder verbreiteten für kurze Zeit Ruhe, Frieden, Stillstand. Ich saß da, hatte keinen Einfall, begehrte nichts, machte mir keine Sorgen. Es fiel mir meine tote Mutter ein; ich empfand die Erinnerung als welk gewordenen Kitsch. Ich sah auf meine nackten Füße herunter, die jetzt den nackten Füßen meines Vaters ähnelten, von denen ich mich als Kind abgestoßen fühlte. Aber jetzt ekelte ich mich weder vor den Füßen meines toten Vaters noch vor meinen eigenen Füßen, im Gegenteil, ich hatte plötzlich das Gefühl, dass meine nicht mehr attraktiven Füße der Grund dafür waren, dass ich die Erinnerung an meinen Vater aushielt. Etwa zwanzig Sekunden lang empfand ich die Befreiung durch Kunst, was ich noch vor ein paar Jahren nicht für möglich gehalten hatte. Nach den Liedern des fahrenden Gesellen sagte die Radiosprecherin, es gehe darum, endlich die einzige wirkliche Liebe zu finden, ohne die kein Mensch wirklich leben könne. Die Sätze erstaunten mich, gefielen mir aber sehr, weil sie mir halfen, auch diese Lieder wieder zu vergessen. Ich fragte mich, ob die Sprecherin die wirkliche Liebe selbst gerade gefunden hatte oder ob es sie nur nach ihr verlangte. Ach, dachte ich, wahrscheinlich ist das immer gerade Absterbende das einzig Authentische in uns, aber schon vier Sekunden später verabscheute ich bombastische Sätze dieser Art und trat aus schierer Einfallslosigkeit wieder ans Fenster. Ich war froh, dass niemand bei mir war und mir Vorwürfe machte wegen meiner Wiederholungszwänge. Ich beobachtete Nachbarsleute, die häufig irgendwelche Waren bei Versandhäusern bestellten und dann die leeren Kartons unzerkleinert in die Mülltonnen drückten. Schon mehrfach war ich in Versuchung gewesen, die Leute zu bitten, sich von den Versandhäusern zu trennen, damit die Mülltonnen nicht gar zu schnell zugestopft wurden. Dabei war ich kein Müllexperte. Ich wusste noch nicht einmal, was Restmüll war, obwohl es neben den Briefkästen eine Mülltonne mit der Aufschrift »Restmüll« gab. Es durfte auf keinen Fall so weit kommen, dass ich die Restmülltonne nur deswegen öffnete, um endlich zu verstehen, was Restmüll überhaupt war. Dabei fiel mir ein, dass ich heute noch nicht nachgeschaut hatte, ob Post in meinem Briefkasten war. In unruhigen Zeiten öffnete ich bis zu viermal täglich meinen Briefkasten, weil ich nicht fassen wollte, dass ich dann und wann leer ausging. Das Telefon klingelte, das konnte nur Sonja sein. Außer ihr rief mich fast niemand mehr an, worüber ich immer seltener beunruhigt war.

Hast du schon gehört, fragte sie.

Was?

Dass Henriette gestorben ist?

Im Ernst, fragte ich, woran denn?

An einer Hirnblutung, sagte Sonja.

O Gott, machte ich, was ist das denn?

Etwas Heimtückisches und Fürchterliches, sagte Sonja.

Sie erklärte, was eine Hirnblutung ist, ich fürchtete mich schon nach zwei Sätzen und hörte kaum noch zu. Ich bemerkte nur selten, wenn Bekannte von mir gestorben waren. Ich redete von ihnen, als würden sie leben, bis jemand kam und sagte, der oder die ist doch tot, weißt du das nicht? Zur Erklärung gab ich an, dass ich keine Todesanzeigen las (was nicht stimmte), womit die Leute zufrieden waren.

Gehst du zur Beerdigung? fragte ich.

Ja, sagte sie, jedenfalls hab ich's fest vor. Du nicht?

Nein, sagte ich, Beerdigungen machen mich fertig, selbst wenn ich gar nicht weiß, wer da beerdigt wird.

Sonja lachte. Kommst du heute Abend oder morgen?

Ja, sagte ich ein wenig unleidenschaftlich, was Sonja sofort bemerkte.

Du musst nicht kommen, sagte sie und kicherte noch einmal.

Dabei war ich nur durch die Erinnerung an unser letztes Beisammensein eine Spur beeinträchtigt. Wie so oft lagen wir angenehm zutraulich miteinander im Bett. Sonja hatte die Beine geöffnet, was mir immer noch gut gefiel. Ich genierte mich nicht, ihr mit langen Blicken die Schenkel entlangzuschauen, was ich mich nicht jeden Tag traute. Die Schamlippen hatten sich ein wenig geöffnet, als würden sie endlich zu sprechen anfangen, womit ich insgeheim rechnete. Sonja fasste mich an, mein Geschlecht gab erfreuliche Signale, aber als es dann soweit war, zog es sich wieder zurück und schickte mich in eine sprachlose Verlassenheit. Sonja schwieg, sie wusste vermutlich genauso wenig wie ich, was ich hätte vielleicht sagen können. Plötzlich hatte ich wieder eine Angst, die mich in den letzten Jahren öfter befiel. Es war keine wirkliche Angst, sondern eine Art Hirngespinst, das ich nicht verstand und also auch nicht erklären konnte. Das Hirngespinst flüsterte mir ins Ohr, dass ich eigentlich noch gar nicht richtig geboren sei. Während der Geburt musste ich steckengeblieben sein. Meine vordere Hälfte war schon draußen, aber die andere Hälfte meines Leibes steckte noch im Bauch der Mutter, aber meine Mutter tat nichts mehr, um den Rest aus sich herauszudrücken. Dass meine Mutter oft nur die Hälfte ihrer Arbeit hinter sich brachte und auch diese Hälfte immer nachlässiger und uninteressierter, hatte ich während meiner Kindheit über Jahre hin beobachtet. So lief ich umher, nur halb geboren, was eigentlich, je älter ich wurde, immer mehr Vorteile für mich brachte. Natürlich fragte ich mich mindestens einmal täglich, *was* von mir nicht auf die Welt gekommen war. Ich schämte mich meiner Halbgeborenheit, weil sie mich zu einer albernen Geheimnistuerei zwang. Immerzu musste irgendetwas verborgen werden! Ich musste aufpassen, dass ich aus Versehen nicht ein Detail meiner Halbfertigkeit preisgab. Es war, als würde ich immer nur aus einem Fenster schauen wie aus dem Leib meiner Mutter, die zu meinem Unglück schwieg und schwieg. Als ich überlegte, worüber ich am Abend mit Sonja reden sollte, fiel mir mein Haarausfall ein. Ich konnte mich kaum noch kämmen, ohne hinterher fast büschelweise ausgefallenes Haar möglichst spurlos verschwinden zu lassen.

Schon jetzt fürchtete ich mich vor dem nächsten Winter. Bekannte würden mir dann wieder gute Ratschläge geben: Du musst dir eine neue Jacke anschaffen, schon wegen der vielen Flecken auf der alten Jacke. Du musst den Heizungsmonteur anrufen, damit das vordere Zimmer wieder warm wird. Du musst wegen deiner Rückenschmerzen zum Arzt gehen. Du musst auch zum Podologen gehen wegen deiner Gelenkschmerzen im rechten Knie. Von all dem geschah nichts. Das einzige wirkliche Problem im Winter hatte ich mit Sonja: In den kalten Monaten vögelten wir zu wenig. Früher hätte ich über dieses Problem mühelos sprechen können. Früher! Wie schön waren die Zeiten, als ich über nicht vorhandene Probleme abendelang reden konnte. Zwei Tage später kam Sonjas Mutter plötzlich ins Krankenhaus. Darüber war ich fast schon froh, denn von diesem Augenblick an waren meine sogenannten eigenen Sorgen wie weggewischt. Sonja lieferte ihre Mutter in der Abteilung Innere Medizin ab und konnte kaum wieder gehen, weil ihre Mutter nicht mehr zu weinen aufhören wollte. Ich weiß, welche Gefühle sie hatte, sagte Sonja. Welche denn? Sie hat Angst, dass sie hier lebend nicht mehr herauskommt, sagte Sonja. Ist das nicht deine Angst? fragte ich. Daraufhin schwieg Sonja eine Weile. Dann sagte sie: Gestern habe ich sie besucht und sprach hinterher mit dem behandelnden Arzt. Der Arzt sagte zu mir: Wir können Ihrer Frau Mutter nicht mehr helfen. So schlimm ist es, habe ich gesagt. Ihre Frau Mutter leidet an einem fortgeschrittenen Scheidenkrebs, sagte der Arzt. Oh, machte ich. Das Wort Scheidenkrebs hatte ich bis dahin noch nie gehört. Ihre Frau Mutter hätte vor etwa fünfzehn Jahren zu uns kommen müssen. Danach sagte ich nichts mehr. Der Krebs ist von der Scheide aus hochgewandert in den Leib und ist jetzt unangreifbar, sagte der Arzt. Ich verstand, sagte Sonja.

Danach ging ich nach Hause. Hast du gewusst, dass es Scheidenkrebs gibt? Nein, sagte ich. Ausgerechnet dort kann man Krebs kriegen! rief Sonja halb empört aus. Ich habe Angst, dass ich an den Scheidenkrebs werde jedes Mal denken müssen, wenn wir miteinander schlafen. Mir fiel keine Antwort ein. Morgen gehe ich wieder zu ihr. Ich soll ihr frische Unterwäsche und einen BH bringen! Sonja lachte ein bisschen. Sie will einen BH! Deutlicher kann man nicht sagen, dass man weiterleben will!

Schon zwei Tage später waren wir in der Wohnung von Sonjas Mutter. Ich hatte nicht mitgehen wollen, aber Sonja ließ nicht locker. Die Mutter lebte in einer kleinen Zwei-Zimmer-Wohnung mit Küche, aber ohne Bad. Ich erschrak über die abgenutzten Möbel. Wir gingen in der Wohnung umher und nickten uns zu, wenn wir über irgendetwas nicht sprechen wollten. Sonja öffnete einen Schrank und suchte nach Wäsche. Einmal reckte sie den Oberkörper und sagte: In dieser Wohnung war mir nichts erlaubt, nichts! Ich durfte nicht einmal rauchen, weil ich dann Krebs kriegen könnte! Dann gehe ich nach draußen und kriege auf der Straße Krebs! habe ich geantwortet und kam mir schlau vor.

Die Wohnung war schon lange vor der Mutter tot, aber die Mutter hatte es nicht bemerkt. In der Küche begann der Wasserhahn zu tropfen. Durch das Geräusch des Tropfens drang das Gefühl des Alterns in mich ein. Ich wartete, bis das Geräusch wieder aufhörte. Vorübergehend färbte sich der Himmel rötlich. Ich setzte mich an das Fenster und betrachtete den zartrosa Horizont über der Stadt. Die rosafarbenen Flecken leuchteten nur etwa zehn Minuten über den Dächern. Danach erbleichten die Flecken und machten Platz für das übliche Grau des Tages. Das Geräusch des tropfenden Wassers hörte auf, das Gefühl meines Alterns nicht. Sonja näherte sich mir und fragte: Sollen wir vögeln?

Hier? Jetzt? fragte ich.

Das ist mein Jugendtraum, sagte Sonja. Seit ich achtzehn bin, wünsche ich mir, einmal in dieser Wohnung zu vögeln.

Aber wo denn? Wir können uns doch nicht ins Bett deiner Mutter legen. Oder geht es auch auf dem Tisch? fragte ich.

Ich weiß, dass es nicht geht, sagte Sonja; ich meine es auch nicht ernst, ich wollte es bloß einmal aussprechen.

Ach so, machte ich.

Zurzeit kann ich sowieso nicht, sagte Sonja; ich muss dauernd daran denken, dass ich zwischen den Beinen Krebs kriegen kann.

Das vergeht wieder, sagte ich.

Jajaja, sagte Sonja, der Krebsexperte spricht.

Sonja betrachtete das Marienbild im Schlafzimmer ihrer Eltern. Es hing über dem Kopfende des Bettes, in dem ihre Mutter schlief. Das Bett daneben war schon lange unbenutzt, weil Sonjas Vater in den neunziger Jahren gestorben war. Das Bild zeigte Maria mit dem Jesuskind, um sie herum vier Heilige. Auf der linken Seite Petrus und Johannes, auf der rechten Seite die heiligen Geburtshelfer.

Gerade hat Maria ihr Kind gekriegt, sagte Sonja; während meiner ganzen Kindheit habe ich täglich dieses Bild angeschaut. Maria hat eine Brust entblößt, das Jesuskind greift mit seinen kleinen Fingerchen an die Brustwarze. Das macht doch kein Säugling, oder? Der Mutter an die Brustwarze fassen?

Ich habe keine Ahnung, sagte ich; ich wundere mich sowieso, dass sich Maria nicht schämt. Immerhin stehen vier Männer um sie herum.

Das sind Heilige, vor denen man sich nicht schämen muss, sagte Sonja. Außerdem kam die Scham erst viel später, die Scham ist etwas Modernes.

Zum ersten Mal hatte ich das Gefühl, dass Sonja besserwisserisch vor sich hin plapperte. Ich schwieg und hoffte, dass sie sich an meinem Schweigen ein Beispiel nehmen würde. Zwei Tage später wollte Sonja ihrer Mutter die Wäsche, frische Handtücher und den BH bringen. Willst du nicht mitkommen? fragte sie. Ich wollte nicht, aber ich merkte, dass Sonja Beistand brauchte. Als wir die Tür zum Krankenzimmer der Mutter öffneten, sahen wir, dass es leer geräumt war. Nur ein Stuhl stand neben dem Waschbecken. Der behandelnde Arzt sagte uns, dass Sonjas Mutter in der Nacht gestorben war. Können wir irgendwohin gehen, wo ich ungestört heulen kann? fragte mich Sonja kurz danach. Ich lief in dem leeren Krankenzimmer auf und ab und überlegte. Am besten ist, sagte ich, wenn wir in einen kaum belebten Stadtteil fahren. Wir setzten uns in die U-Bahn und fuhren aufs Geratewohl nach Eschborn. Die Fahrt dauerte etwa zwanzig Minuten. In Eschborn stiegen drei Leute aus und zwei ein. Wir schauten auf die am Straßenrand geparkten Autos. Tatsächlich ließ Sonjas Schluchzen rasch nach. Nach zehn Minuten sagte sie: Es bedrückt mich, dass ich von der Einrichtung meiner Mutter nichts haben will. Tatsächlich nahm sie aus der Wohnung der Mutter nur eine Schachtel mit Fotos, eine Handvoll alter Briefe und ein Notizbuch mit Kochrezepten mit. Über die Geringfügigkeit der Dinge brach sie erneut in ein Schluchzen aus. Dabei bedrückt es mich nicht wirklich, sagte sie jetzt, dass ich von ihrer Einrichtung nichts besitzen will.

Wir setzten uns in ein Café, ich trank ein Glas Wein, Sonja einen Kakao. Sonja breitete die Fotos aus, deutete auf ein paar Leute und sagte: Das sind meine Verwandten, die ich kaum kenne. Ich fürchte mich vor der Beerdigung, wenn ich ihnen begegnen werde. Danach fuhren wir zurück in die Stadt. Wir saßen eine Weile stumm nebeneinander. Dann fragte ich: Soll ich dir helfen, die Wohnung zu entrümpeln? Das musst du nicht, antwortete Sonja, das erledigt die Wohnungsbaugesellschaft. Momentweise tauchte meine alte Angst auf, dass Sonja sich von mir trennen wollen könnte und dass ich von dieser Absicht nichts merkte. Wahrscheinlich auch deswegen erfüllte mich danach eine Liebesphantasie, von der wir nicht wussten, wie ernst wir sie meinten. Seit Jahren wollten wir auf einem Tisch vögeln. Ich würde Sonja auf die Tischplatte heben, würde mich an den Rand des Tisches stellen, Sonjas Beine hochbiegen und dann in sie eindringen. Einmal hatten wir mit der Umsetzung sogar angefangen. Ich hatte eine Tischplatte leer geräumt, verteilte eine Menge Kissen auf dem Tisch, aber dann zeigte sich, dass die Kissen während Sonjas Bewegungen verrutschten und dass Sonja bald wieder auf der harten Tischplatte lag. Wir überlegten, ob wir eine Matratze von der Größe eines Kinderbettes anschaffen und diese auf den Tisch legen sollten. Vermutlich war dieser Einfall wirklichkeitsfähig, aber Sonja wandte ein, dass die Vorbereitungen zu unerotisch seien und uns stören würden, womit sie vermutlich recht hatte.

An der Konstabler Wache trennten wir uns mit einem flüchtigen Kuss. Ich stieg zwei Stationen später aus. Kurz darauf sah ich Schmidbauer auf der anderen Seite, aber er bemerkte mich nicht. Ich war dankbar, eine Weile nicht sprechen zu müssen. Für Augenblicke streifte mich die mir schon vertraute Angst, dass mein Leben nur noch darin bestehen könnte, meine Wohnung zu verlassen und nach einiger Zeit wieder in sie zurückzukehren. Kurz danach schob ich meinen Schlüssel in das Türschloss meiner Wohnung.

11

In Wahrheit hatte ich Angst vor dem Familientreffen. Über Jahre hin hatte ich den Eindruck gewonnen, die Mitglieder unserer Familie waren froh, wenn sie einander nicht begegneten. Es waren keine starken Affekte, die wir voreinander zu fürchten hatten, sondern eher kleinliche Vorbehalte und Ressentiments. Ich glaubte, der Grund unserer Scheu war etwas ganz Einfaches: Wir genierten uns voreinander, weil wir uns nicht zusammengehörig fühlten. Vermutlich waren wir damit einverstanden, dass wir einander fremd blieben. Genau diese natürliche Distanz ging bei Familientreffen verloren. Zum Beispiel konnte ich meinen Verwandten nicht sagen, dass ich Redakteur einer Provinzzeitung geworden war. Das war ihnen nicht großartig genug. Sie hatten erwartet, dass ich an der Universität Karriere machte und Professor geworden wäre. Diese Erwartungen waren sonderbar, denn meine Verwandten waren zum Beispiel Angestellte bei einer Eisenbahnerkrankenkasse, sie waren Optiker oder Kassier bei einer kleinen Bank und so weiter. Warum sollte ich dann nicht Provinz-Redakteur sein? Leider hatten meine Verwandten keine Ahnung, was heutzutage an den Universitäten los war. Noch weniger konnte ich sagen, dass ich eigentlich Überwinder war. Wenn sie das Wort hören könnten, würden sie sofort schweigen oder ein bisschen aufheulen und ausrufen: Typisch Reinhard! (Das war ich.) Ich hatte mich, ich hoffte unauffällig, an das andere Ende des Tisches gesetzt, wo ich meinen beiden Brüdern nicht den ganzen Tag ausgeliefert war. Relativ erträglich war meine Tante Elli aus Karlsruhe, eine Schwester meiner Mutter, aber sie war leider nicht gekommen. Angenehm war auch Onkel Paul, ein Bruder meines Vaters, der viel Kuchen aß und von Zeit zu Zeit fragte: Was machen wir denn nachher? Alle diese Leute glaubten, dass sie dem Lebensglück nahe waren, meine beiden Brüder glaubten es besonders. Ich glaubte es allerdings auch. Die Verwandten interessierten sich nicht wirklich für mich. Das war mir zwar recht, gleichzeitig war ich eine Spur beleidigt. Schon vor etwa einer Stunde hatte ich bemerkt, dass ich mein Leben zurzeit nicht als einen lebendigen Zusammenhang darstellen konnte. Das war allerdings auch meinen Brüdern nicht möglich. Sie waren schnell zu einem fröhlichen Trinken und Poltern übergegangen, das ihnen besser gelang. Hier ruhte seit Jahren mein wahrscheinlich größtes Projekt: Ich wollte meine komplette Familie überwinden. Dabei sollte sich die Familie nicht geschmäht fühlen, ich achtete nur auf einen gehörigen Abstand von ihr.

Ich saß da und überlegte, an wen man sich nach seinem Tod noch erinnern werde. Eigentlich waren sie schon zu ihren Lebzeiten vergessen, aber das merkten sie nicht. Um sie zu vergessen, musste man nicht ihren Tod abwarten, sie verkümmerten und verschrumpelten schon zu ihrer Lebenszeit. Nur meinen Brüdern war es gelungen, vermutlich nur wegen ihrer Neigung zum Poltern, das Ende ihres Lebens hinauszuzögern. Bei früheren Familientreffen nannten mich meine Brüder wahlweise Tretmine oder Milchzahn oder Maultasche, was große Heiterkeit auslöste. Ich ließ mich nicht provozieren und reagierte nicht oder kaum. Eigentlich wollte ich schon lange nicht mehr bei solchen Familientreffen erscheinen, aber dazu hatte ich dann doch wieder nicht den Mut. Denn gleichzeitig hatte ich erhebliches Mitleid mit der Familie. Wenn es eines Beweises bedurfte, dass die Menschheit auf eine Erlösung wartet, dann war dieser Beweis in diesem Nebenzimmer zu finden. Nach dem Mittagessen beunruhigte mich mein Wunsch nach sofortiger Flucht. Sollte ich einfach verschwinden, ohne Verabschiedung? Dazu fehlte mir die Kraft. Ich müsste mich von jedem einzeln verabschieden, aber dazu hatte ich nicht die Duldsamkeit. Zu Mittag hatte es wahlweise Putenschnitzel mit Kroketten oder eine Forelle mit Salzkartoffeln und Spargel gegeben. Wie fast immer bei solchen wackligen Veranstaltungen bildeten sich am Tisch kleine Koalitionen des heimlichen Leidens. Bei mir war es eine Frau in mittleren Jahren, die sich mit deutlichen Blicken auf meine Seite schlug. Ich wusste nicht, wer sie war. Bald trat ein Mann an sie heran und sagte: Hast du ein Taschentuch? Die Frau öffnete ihre Tasche und gab dem Mann ein benutztes Taschentuch. Jetzt sprach die Frau über ihre Tochter, die sich vor kurzem verehelicht hatte. Sie hat eigentlich mitkommen wollen, sagte die Frau, aber sie war nicht eingeladen. Oh, machte ich. Ich wunderte mich nicht, dass mir eine ältere Phantasie aus der Zeit meiner Jugendverzweiflungen einfiel. Ich wollte wieder, wie damals, als ich dreizehn war, ein weißer Schneehase sein, der am Rand eines riesigen Schneefeldes sitzt und von niemandem bemerkt wird. Hier, am Rand des Schneefeldes, lachte niemand über seinen lächerlichen Körper, der sich auffällig auseinanderzog, wenn der Hase plötzlich fliehen musste. Auch ich litt an meinem mir unpassend erscheinenden Körper. Sonja nannte mich zuweilen der sich umsonst schämende Schneehase, was mich jedes Mal beruhigte. Sonja hatte nicht nur Verständnis für meine überflüssige Scham, sie wusste auch, und das war wichtiger, dass eine Flucht ohne Grund normal ist und nicht erklärt werden muss. Mein Putenschnitzel war in Ordnung, während die Forelle, die sich die Frau mir gegenüber bestellt hatte, mickrig und kläglich aussah. Während des Essens fiel mir ein, dass ich bis heute nicht wusste, aus welchen Gründen sich Sonja schämte oder ob sie vielleicht schamfrei war. Wenn es zwischen uns im Bett heftig wurde, schämte sie sich auch dann nicht, wenn sie sich meinen Schlot in den Mund schob und bemerkte, dass ich ihr zuschaute und ihr dabei auch noch löblich über ihr schönes Haar strich.

Nach dem Mittagessen löste sich die Gesellschaft in kleine Gruppen auf, die draußen ein wenig spazieren gingen. Ich arrangierte die Zufälle beim Verlassen des Restaurants so, dass die Frau der heftigen Blicke an meine Seite geriet. Es war rätselhaft, wie vertraut ich schon mit ihr war, obwohl wir uns nicht kannten und nach der Familienfeier gewiss auch wieder vergessen würden. Nach kurzer Zeit erinnerte ich mich an den Film »Das Schweigen« des schwedischen Regisseurs Ingmar Bergman, den ich vor vielen Jahren gesehen hatte. In diesem Film gibt es eine Szene, in der ein Fremder mit einer Frau, die er nicht kannte, in einem Kino (in einem Kino!) schnell und grob vögelte, und ich wusste noch, wie die beiden danach das Kino verließen und wie zwei Fremde auseinandergingen. Ich hatte seither immer mal wieder gehofft, irgendwann und irgendwo eine Frau zu treffen, mit der zusammen mir eine solche rigorose Entschlossenheit möglich sein würde. Ich war nicht enttäuscht darüber, dass mir eine solche Frau jahrzehntelang nicht begegnete, das Bild eines Kino-Wunschbeischlafs zwischendurch jahrelang abtauchte, aber dann und wann, häufig bei niederträchtig belanglosen Anlässen, immer mal wieder in meinem Kopf auferstand. Ein solcher Anlass war ganz offenkundig das Familienfest. Ich schaute mich in dem Lokal schon nach nicht verschlossenen und unbelebten Nebenräumen um. Auch beim Spazierengehen hoffte ich, an die Seite der Frau mit den sich ausliefernden Blicken zu geraten, was mir leider nicht gelang. Ich lief in unbelebten, zum Teil engen Seitenstraßen umher, aber alles, was mir begegnete, war eine Frau mit Kinderwagen und Kind, die nicht zu den Gästen der Familienfeier gehörte. Leider ließ sich, als die Spaziergänger allmählich zurückkehrten, die von mir ausgeguckte Frau an einer anderen Stelle der Tafel nieder und sah sich nicht einmal nach mir um. Schon rechnete ich mich selbst zu den Familientoten, die heimlich nach einem Sarg suchten und sonst nach nichts mehr. Erst jetzt, als sich die Frau von mir entfernt hatte, fielen mir Einzelheiten auf, die ich im Eifer der Nahbetrachtung nicht hatte beachten können. Ich meinte damit ihr Kleid, besonders die Motive und die Farbgebung des Stoffs, die mich jetzt peinlich berührten oder fast schon erschreckten. Es war ein ärmelloses weißes Kleid mit tiefem Ausschnitt, der den Blick auf den oberen Teil des Busens freigab. Auf dem weißen Grund prangten tiefrote, sich gerade öffnende Blumen. Es waren üppige Pfingstrosen, die mich an ein ähnliches Kleid erinnerten, das meine Jugendfreundin Isolde oft trug. Wir waren ungefähr achtzehn, wir waren beide Angestellte eines großen Kaufhauses, in dessen sogenanntem Erfrischungsraum täglich eine Modenschau stattfand. Es war unsere Aufgabe, für die Mannequins die Kleider, die sie vorzuführen hatten, aus den Abteilungen in die Garderobe zu bringen und den Mannequins beim raschen Umziehen zu helfen. Viel später glaubte ich, dass es die Pfingstrosen auf Isoldes Kleid waren, die mich eines Tages, als die Garderobe gerade leer war, plötzlich ermutigten, von oben in Isoldes Ausschnitt zu greifen. Isolde schien auf eine solche Annäherung gewartet zu haben, denn sie war weder überrascht noch erschrocken. Wir drückten uns gegenseitig in die ringsum hängenden Vorführkleider, wo Isolde mein Gesicht auf den oberen Teil ihres Busens herunterschob. Da betrat ein männliches Mannequin die Garderobe und sah unser Gedränge in den Kleidern. Isolde verließ sofort den Raum, der Mann näherte sich mir und griff mir kurz darauf in die Hose. Jetzt hatte das Mannequin mein halb erigiertes Glied in der Hand. Ich war leider nicht schnell genug, um den Mann sofort abzuwehren. Schon bewegte er mein Geschlecht auf und ab, was mir zuerst gefiel und dann peinlich war, aber dann hatte ich erhebliche Mühe, den Mann von mir wegzudrängen, was mir erst gelang, als wir Schritte eines anderen Mannequins hörten, das sich der Garderobe näherte. In den Pausen der Modenschauen war es üblich, dass die Mannequins nur in Unterwäsche oder mit einem Hemd oder Unterrock bekleidet um einen Tisch herumsaßen und Kaffee tranken oder Zeitung lasen. Der Mann konnte sein Interesse an mir nicht so schnell aufgeben. Ich zog deswegen auch meine Hose in den Pausen nicht aus. Allerdings war meine Abwehr launenhaft und unentschieden, was das Mannequin ermunterte. Er versuchte immer wieder, mir den Hosenladen zu öffnen, was ich nicht heftig genug zurückwies. Mit der Zeit entstand daraus ein säuerliches Spiel, das für den Mann immer besser funktionierte, weil meine Zurückweisung immer öfter ausblieb. Es störte den Mann auch nicht, dass dann und wann ein anderes Mannequin die Garderobe betrat oder sogar eine Bemerkung über unser Treiben machte. Jetzt hast du ihn aber bald soweit, sagte einmal ein jüngerer Mann im Vorübergehen und lachte. Meine Willfährigkeit ging auch darauf zurück, dass mir das gegenseitige Onanieren aus der Schule vertraut war. Der Mann verlangte nicht, dass ich auch bei ihm Hand anlegte. Ich lehnte mich nur im Stuhl zurück und wartete ab, bis alles vorüber war. Von Zeit zu Zeit gab mir der Mann etwas Geld, meistens ein Fünf-Mark-Stück. Da ich von zu Hause kein Taschengeld bekam, begann mit den Fünf-Mark-Stücken des Mannequins eine andere Art von Leben. Endlich konnte ich mir Comic-Hefte und Schokolade kaufen, sogar mehrmals in der Woche.

Ich saß am Tisch und erinnerte mich von Bild zu Bild. Eine Cousine, die schräg gegenübersaß, legte mir ein Stück Schokoladentorte auf den Teller und schenkte mir Kaffee nach. Es störte mich nicht, dass ich nur noch wenig neues Leben zustande brachte und mich mit meinen Erinnerungen zufriedengab. Und das in meinem Alter! dachte ich zuweilen vor mich hin, aber auch derartige Zwischenrufe irritierten mich nicht. In diesen Augenblicken näherte sich mir mein Bruder Richard und nahm in meiner Nähe Platz. An seiner Leutseligkeit erkannte ich, dass er mich in Kürze anpumpen würde. Mein Bruder lebte in einer unangenehmen Folge vergeblicher Lebensanstrengungen, über die er manchmal redete, meistens aber nicht.

Wie geht's, Bruderherz? fragte er; in dieser Anrede war seine ganze Hilflosigkeit enthalten, vor der ich in diesen Momenten Angst bekam.

Gut, sagte ich, und dir?

Auch gut, sagte er.

Es entstand eine Pause. Dann sagte Richard: Bei mir zu Hause ist zurzeit ein unheimlicher Lärm.

In der Wohnung oder auf der Straße? fragte ich.

Er lachte dünn und sagte: Auf der Straße.

Das geht ja noch, sagte ich.

Ich fürchtete mich schon vor dem Fortgang dieser sinnlosen Unterhaltung, aber da trat die Ehefrau unseres anderen Bruders Klaus an den Tisch und zeigte ihr Baby. Es war ein zusammengedrücktes Bündelchen mit rotglühendem Gesicht, das allgemeine Begeisterung auslöste. Die Mutter hob das Kind in die Höhe, damit alle es sehen konnten. Die Tumulte waren dem Kind offenbar unangenehm, so dass es seine Gesichtszüge bewegte und dann zu schreien anfing. Die Mutter setzte sich an den Tisch, schob ihren Pulli in die Höhe und legte sich das Kind an die Brust. Schon seit langer Zeit schaute ich gerne dabei zu, wenn Frauen ihr Kind stillen. Früher hatte ich mich deswegen geschämt, heute nicht mehr. Die Mutter bemerkte meine besondere Aufmerksamkeit und hob ihren Pulli etwas weiter nach oben, so dass ich mehr von ihrer verehrungswürdigen Brust sehen konnte. Wahrscheinlich schämte ich mich plötzlich doch wieder ein wenig. Weil mich das in mich einstürzende Gefühlsgemisch aus Scham, Lust, Neugier, Begehren zu sehr bedrängte, machte ich genau das Gegenteil dessen, was ich eigentlich wollte. Ich erhob mich, stopfte mein Hemd in meinen Hosenbund, kontrollierte den Inhalt meiner Hosentaschen und suchte mit Blicken den Ausgang. Das war ein dümmlicher Fehler, den ich wenig später bereute. Warum bleibst du nicht in der Nähe deiner Lust und ergibst dich ihr wie ein Kind? Mein Fehler war umfassender, als ich in diesem Augenblick erkennen konnte. Denn kaum war ich in der Nähe der Tür angekommen, da sah ich meinen Bruder Richard mir nachfolgen. Ich versuchte ihn abzuschütteln, indem ich zur Toilette ging. Auch dieser Fluchtversuch entging meinem Bruder nicht. Ich hätte meinen Platz gegenüber der stillenden Frau wieder einnehmen können, was mir jedoch nicht einfiel. Wahrscheinlich war es ein einzelnes Schamhaar, was mich irritierte und sofort beschäftigte; ich nahm es zwischen die Finger und hatte sofort das Gefühl, dass es sich um das Schamhaar einer Frau handelte, obwohl ich mich in der Herrentoilette befand. Aber das Schamhaar war starr und spröde, fast schon drahtig wie die Schamhaare vieler Frauen. Ich konnte mich kaum von der Vorstellung befreien, dass es sich um ein Schamhaar der Frau mit dem Pfingstrosenkleid handelte. Mein inneres Verschrobensein war so heftig, dass ich in diesen Augenblicken glaubte, ich würde, das Schamhaar in der Hand, die Frau fragen, ob sie nicht etwas sehr Intimes verloren hätte. Ich schob das Schamhaar in das Sichtfach meiner Brieftasche und ging hinaus auf die Straße. Leider hatte ich vergessen, dass dort schon mein Bruder Richard auf und ab ging. Er steuerte gleich auf mich zu, als wären wir verabredet gewesen. Ich zeigte mein Überrumpeltsein, aber es nützte nichts. Richard fragte, was mich zurzeit umtreibt, und ich redete ein bisschen über meine Stelle beim Taunus-Anzeiger. Oh! machte Richard. Die Information, dass ich eine so bedeutende Stelle bekleidete, flößte ihm vermutlich die Vorstellung ein, dass ich Geld haben musste.

Prompt pumpte er mich an, was ich von ihm gewohnt war. Ich fragte sogar, wie viel er brauchte. Ich rechnete damit, dass es sich wie schon so oft um dreißig oder fünfzig Euro handeln würde, die ich ihm nach alter Gewohnheit auch gegeben hätte, obwohl mir in diesen Sekunden auch einfiel, dass er mir noch nie (tatsächlich: kein einziges Mal) einen geliehenen Geldbetrag zurückgezahlt hatte.

Er sagte: Kannst du mir mit zweitausend Euro aushelfen?

Wahrscheinlich erstarrte ich einige Augenblicke lang. Es war wieder einmal soweit, dass mir zum richtigen Zeitpunkt die richtige Antwort nicht einfiel. Mit viel Verlegenheit in der Stimme sagte ich: So viel Geld habe ich nicht.

Es schien die richtige Antwort gewesen zu sein. Tatsächlich erschrak auch mein Bruder. Na gut, sagte er nur und ging zurück in das Familienlokal. Ich wartete auf eine Empfindung, der ich mich hätte hingeben können. Ich spürte nur ein geringes Jucken auf der Haut wie von einem kleinen Flugtier, das auf meinem Arm gelandet war. Es war kein Tier, es war meine gewöhnliche Überempfindlichkeit. Ich prüfte nach, ob alles noch da war: die Brieftasche, die Scheine, das Kleingeld, der Schlüsselbund, ein kleiner Radiergummi. Mit unangemessener Dankbarkeit sah ich, wie ein Blinder mit einem langen Blindenstock mir entgegenkam. Nach Art der Blinden schob der Mann die Spitze seines Stocks im Halbkreis vor sich her. Es erfasste mich die Furcht, dass dem Blinden ein Missgeschick zustoßen könnte und dass ich ihm dann helfen müsste – und dass ich dabei nur ein neues Missgeschick zustande bringen würde. Mein Ausweg war, dass ich rasch die Straßenseite wechselte und ebenfalls das Familienlokal aufsuchte. Wie sonderbar es wieder war, dass ich mir plötzlich selber wie ein Blinder vorkam. Mir half nicht, dass ich nicht blind war, sondern nur gelegenheitsblind, aber das reichte mir. Ich ging zurück an meinen Platz und war dankbar, jetzt wieder die Frau im Pfingstrosenkleid anschauen zu dürfen. Wenn ich mich nicht täuschte, würde es jetzt nicht mehr lange dauern, bis ein Verwandter zu einer

Rede anheben würde, die seit je zu den Höhepunkten des Familientreffens zählte. Eigentlich hätte ich vor dieser Rede erneut fliehen müssen, aber ich wollte nicht auffällig werden. Da öffnete sich die Tür, und herein trat mein Bruder Klaus mit einer Asiatin an seiner Seite. Die Frau war dermaßen schön, dass ich momentweise glaubte, von Atembeschwerden überfallen zu werden. Ich litt nicht an Atembeschwerden, sondern an einem kleinen, plötzlich einsetzenden Verlangen. Die Asiatin hatte die für ihre Heimat kennzeichnenden mandelförmigen Augen mit tiefdunklen Pupillen und darüber einen gleichmäßigen Saum von tiefschwarzen Wimpern. Ich konnte nicht erkennen, ob sie geschminkt war, vermutlich nicht. Ich sah es an ihren rosafarbenen Lippen, die auch nicht geschminkt waren. Wie war es möglich, dass ich im Angesicht einer überraschend aufgetauchten Frau plötzlich dachte, ich hätte in Wahrheit keine »eigene« Frau und brauchte deswegen dringend eine andere Frau, nämlich genau die, die gerade im Raum erschienen war, damit endlich und unwiderruflich das Problem des gleichzeitigen Verlangens nach mehreren Frauen aus der Welt geschafft war. Es half mir nicht, dass ich mich an Sonja erinnerte, eine andere, ebenfalls schöne, zugängliche und liebevolle Frau. Es war eine nicht zu stemmende Aufgabe, an einem einzigen Tag meine ganze Verwandtschaft zu überwinden, die nun sogar um eine asiatische Schönheit bereichert worden war. Mit einer ruhig vor sich hin scheiternden Familie wäre die Aufgabe vielleicht lösbar gewesen, aber mit meinen fast immer auftrumpfenden Brüdern war ich oft im Hintertreffen. Einer der Brüder hatte fast immer gerade eine neue Frau, der andere hatte ein neues Auto oder einen neuen Anzug, oder er hatte gerade eine Weltreise hinter sich und gab damit an.

Dazwischen ich, der ich kein neues Auto und keine neue Frau hatte und, was wahrscheinlich schlimmer war, auch keine haben wollte. Man kann nicht älter werden, ohne sich in sich selbst zu verirren, dachte ich an mich hin und versank in einer mir vertrauten Stummheit. Niemand reizte mich, niemand versuchte mich zu retten, niemand tröstete mich und niemand verunglimpfte mich. Nach einer Weile gefielen mir sogar meine Verwandten. Über die Jahre hin war der eine und andere ein wenig heruntergekommen. Sie trugen ältliche Hosen, schon stark in Mitleidenschaft geratene Schuhe, einer hatte einen Sakko, der aussah, als hätte er ihn heimlich aus einem Altkleidersack herausgezogen. Ich merkte, ich empfand Mitleid, das mich nicht störte, vermutlich, weil ich es für mich behielt. Eine halbe Minute lang sah ich besorgt umher, aber ich entdeckte niemanden, der daran Anstoß nahm. Außer mir selber, aber ich schwieg auch jetzt. Was für einen schauerlichen Eindruck vom deutschen Familienleben musste die Asiatin haben. Dann stellte auch noch jemand das Fernsehgerät an. Das laufende Gerät war das Eingeständnis, dass aus unserer Familie eine Art Notwehrverein geworden war, der mit sich allein nicht mehr weiterkam. Ich selbst war ein intimer Nutznießer des Fernsehens; da fast alle auf den Bildschirm starrten, blieb meine Scham unentdeckt. In der Asiatin hatte ich mich geirrt. Sie amüsierte sich am deutlichsten über das Fernsehen. Sie freute sich und kicherte, sie stieß kleine Schreie aus und kniff meinen Bruder in die Seite. Ich sammelte die nicht benutzten Bierdeckel ein und wusste hinterher nicht, was ich mit ihnen anstellen sollte.

12

Es war Sonntag, ich blieb länger im Bett. Ich rasierte mich erst gegen Mittag, so dass ich mich auch am Abend noch halbwegs rasiert fühlte. Ich wusch mich nur flüchtig, putzte mir nicht die Zähne, kämmte mich nicht, schob mir nur mit der Hand das Haar zur Seite. Ich putzte die Schuhe nicht, zog eine eigentlich schon ausrangierte Hose an und schämte mich nicht, dass ich jetzt schon fast meinen Verwandten ähnelte, über die ich mich erst vor kurzem mokiert hatte. Sonntags spielte ich gerne einen Freizeitpenner, und ich war erstaunt, wie gut mir die Verwandlung gelang. Ein Penner hat gewöhnlich auch die Frau verloren beziehungsweise war von ihr verlassen worden. Gegen elf vögelte das Paar in der Wohnung über mir. Ich hörte die keuchenden Seufzer der Frau und rührte mich nicht, um sie noch ein wenig deutlicher zu hören. Wenn ich den beiden später im Treppenhaus oder auf der Straße begegnete, war mir oft so, als hätte ich neben ihnen im Bett gelegen. Ein Problem war, dass ich über die Dinge, über die ich schon während der Woche zu viel nachgedacht hatte, an Sonntagen besonders heftig grübelte. Das hing mit der Idee zusammen, dass die ungelösten Fragen am Wochenende nicht so heftig auftraten wie die Woche über. Das Gegenteil war der Fall. Sonntags quälte mich die Angst, dass ich nichts Neues mehr erlebte, fast unerträglich. Deswegen marschierte ich sonntags voller Erlebnishunger durch die Stadt und stellte doch nur fest, dass ich mich von der

Übervertrautheit mit dem Leben nicht mehr würde befreien können.

Als ich mir am frühen Nachmittag endlich das Haar wusch, erinnerte mich das Haarshampoo an die weißliche Farbe meines Samens. Ich wollte schon lange nicht mehr an meinen Samen erinnert werden, aber ich wusste keinen Ausweg. Kurz darauf sendete das Radio eine Partita von Bach. Ich setzte mich neben das Radio und fühlte meine wachsende Begeisterung. Die Orgel war eine Art Raumschiff, in das ich zustieg. Plötzlich war ich mit der allgemeinen Einsamkeit einverstanden. Es konnte gar nichts anderes geben außer der Einsamkeit! Sie war die einzig mögliche Form des dauerhaften Unterwegsseins, das zu keinem Ergebnis führte und die Menschen dennoch tröstete. Bald würde ich zu den vielen Leuten gehören, die fast jede Woche davon redeten, dass sie demnächst aus ihrer Erstarrung heraustreten würden. Klaglos gestand ich mir ein, dass es mir vermutlich nicht gelingen würde, mein Leben zu überwinden. Zwischen Kühlschrank und Waschmaschine entdeckte ich einen toten Nachtfalter. Ich hatte vergessen, dass er in die Küche geflogen war, sich an der Wand niedergelassen hatte und dort so lange sitzen blieb, bis er tot herunterfiel. Ich holte den Handbesen und kehrte ihn nach vorne. Er war kurz davor, selbst zu Staub zu zerfallen, was mich etwa eine Minute fesselte. Danach glaubte ich wieder, dass meine Sorgen kleiner würden, wenn ich einen Spaziergang machte. Ich kam an einem kleinen Lampengeschäft vorbei, in dem ich noch nie einen Kunden gesehen hatte. Eine kleine, magere Frau mit vernachlässigten Dauerwellen tauchte gelegentlich auf, ohne dass erkennbar gewesen wäre, was sie in dem Laden machte. Noch dazu hatte das Geschäft oft geschlossen, und ein Pappschild hinter der Fensterscheibe teilte mit: Vorübergehend geänderte Öffnungszeiten, montags bis freitags von 15.00 bis 18.00 Uhr. Dann verschwand das Pappschild, aber der Laden belebte sich trotzdem nicht. Vielleicht lag es an den altmodischen Lampen im Schaufenster, die niemand in seinem Wohnzimmer hängen sehen wollte. Die Preise waren herabgesetzt, was offenbar auch keine Wirkung zeigte. Als ich jetzt wieder vorbeikam, sah ich ein neues Schild: Wegen Krankheit vorübergehend geschlossen. Aha! Schon überlegte ich, wie der Text des dritten Schildes lauten könnte. Ich hatte diese Idee: Der Lampenhandel hat uns fertiggemacht. Wir müssen schließen. Ich überlegte, ob ich den Laden nächster Tage aufsuchen und meinen Vorschlag unterbreiten sollte. Obwohl Sonntag war, kam ein Rentner mit großer leerer Plastiktüte auf mich zu und bettelte mich an. Ich änderte meine Laufrichtung und ging nach Hause. Ich dachte an Sonja, aber es dauerte noch länger als einen halben Tag, bis ich sie wiedersah. Was sollte ich denn bis dorthin machen!? Ich empfand Scham über die Formlosigkeit meiner Sonntage. Zum Glück hatte ich wenigstens Hunger und Durst. Ich goss mir ein Glas Wein ein und schnitt eine Scheibe Brot vom Laib herunter und bestrich sie mit Margarine und Marmelade. Der Brotaufstrich kam mir nicht besonders zukunftsweisend vor. Da läutete das Telefon. Es war eine Frau, die meine Dienste als Überwinder beanspruchen wollte. Ich war erfreut und gab ihr einen Termin, dadurch verbesserte sich meine Stimmung. Ich musste endgültig klären, ob ich weiter als Überwinder tätig sein oder ob ich ebenso endgültig Lokalredakteur sein und bleiben wollte. Eigentlich sagten mir beide Tätigkeiten nicht wirklich zu, aber noch eigentlicher war ich an halbe Sachen längst gewöhnt und nahm sie mir nicht mehr krumm. Ich goss den nicht getrunkenen Wein zurück in die Flasche. Eine derartig halbe Sache war mir noch nie im Leben unterlaufen. Ich empfand keine Scham darüber, dass ich offenkundig alterte. Ich erinnerte mich an die Selbstverwüstung, als ich vor etlichen Jahren vorübergehend glaubte, ich hätte Aids und sei verloren. Stundenlang saß ich auf einem Stuhl und versuchte mich zu vergewissern, ob ich irgendwann mit einer ungewissen Frau zusammen war oder nicht und wenn ja mit welcher. Mir fiel keine Frau ein, die dafür in Frage kam, die Selbstverwüstung ging weiter. Zum Glück waren sich die Amseln draußen auch nicht einig, ob sie den Tag abschreiben sollten oder nicht. Mancher Vogel flötete schon gegen sechzehn Uhr den Abend herbei. Die meisten Amseln legten zwischen neunzehn und zwanzig Uhr gemeinsam los und machten vor einundzwanzig Uhr kaum Schluss. Aber es gab auch Amseln, die ganz allein erst gegen zweiundzwanzig Uhr den letzten Triller hören ließen. Am Sonntag liefen viele Leute herum, die nicht genau wussten, was mit ihnen los war und worauf sie warteten. Ich sah diese Leute gern an und schämte mich nicht, dass ich ihnen ähnelte. In Höhe der Tübinger Straße kaufte ich mir ein kleines Eis. Eigentlich wollte ich nur einer immer noch schönen Eisverkäuferin für eine halbe Minute nahe sein. Ich schaute ihr dabei zu, wie sie zwei Eiskugeln aufeinanderschichtete. Die Arme der Eisverkäuferin wurden allmählich dick, und im Genick bildete sich ein Buckel. Ich bezahlte mein Eis und betrachtete die vielen Verwahrlosten und Verlassenen auf der Straße, die vielen Einsamen und Abgerutschten, die ihre Siebensachen im Rucksack mit sich herumtrugen. Ich fragte mich, ob ich allmählich überempfindlich wurde. Die Überempfindlichkeit hatte die Form einer langsam heftiger werdenden Beschwerde, die niemals ausgesprochen wurde. Durch die tägliche Beobachtung der langsam abstürzenden Leute erschien mir mein Leben oft wie eine allmähliche Verschwisterung mit der zerbrechenden Welt. Es nutzte nichts, dass ich ein Eis umhertrug und mich fragte, ob das Liebesleben der Eisverkäuferin durch ihren Buckel beeinträchtigt wurde oder nicht. Für mich selbst war ich weniger schwierig geworden. Oft war ich dankbar, dass ich in einer mittelgroßen, ausdrucksarmen Stadt lebte, die ihre Einwohner nicht drangsalierte mit zunehmender Wichtigkeit. Die mittelgroßen Städte können sich nicht aufplustern und greifen nicht in das Innenleben der Bevölkerung ein.

Als ich Sonja endlich umarmte, hatte ich plötzlich das Gefühl, dass wir immer noch gegen unsere Scheu kämpften. Sonja vergaß, den Mund so weit zu öffnen, dass dabei ein ordentlicher Kuss entstehen konnte. Ich gab ihr einen kleinen Klaps auf den Hintern, woraufhin sie tatsächlich den Mund ein wenig weiter öffnete. Ich schob ihr den Ausschnitt herunter und küsste ihr den Busen. Zwischen den Brüsten entdeckte ich zwei kleine Pickel, die sofort mein Geheimnis wurden.

Was machen wir denn jetzt? fragte sie; gehen wir zu den Hasen, zu den Möwen oder zu den Schwänen? Ich wollte zu den Möwen, aber Sonja wandte ein, dass sonntags zu viele Leute auf den Brücken waren, um die Möwen zu füttern. Also gingen wir zu den Hasen in den Grüneburgpark. Sonja hatte Vergnügen an den Augen der Häsinnen, die glasig und starr wurden, wenn ein Hase sie bedrängte. Viele Spaziergänger hielten sich die Hand an die Wange, als hätten sie Zahnschmerzen. Aber sie hatten keine Zahnschmerzen, sie hielten im Handinneren ein kleines Handy, in das sie fortdauernd hineinflüsterten. Genauso gern wie die Hasen beobachtete Sonja die Baumläufer. Das waren zierliche Vögel, so klein wie Mäuse, sie piepsten auch ähnlich wie Mäuse, wenn sie die Baumstämme hochliefen und Insekten suchten. Wir betraten die Terrasse eines Cafés und suchten nach einem abseits stehenden Tisch. Wir betrachteten die Leute und sagten eine Weile nichts. Dann sagte Sonja: Mein Mann hat eine andere Frau geschwängert.

Oh, im Ernst? fragte ich.

Sehr ernsthaft wohl nicht, aber es ist passiert.

Himmel, sagte ich, und jetzt?

Die Frau möchte geheiratet werden.

Herrgottsakra, machte ich.

Die Frau ist eine entzückende kleine Büromaus.

Du kennst sie?

Sie arbeitet bei uns im Amt.

Auch das noch, sagte ich.

Mir kann das Ganze nur recht sein, sagte Sonja. Jetzt kann ich mich in Ruhe von ihm trennen und brauche dafür keinen eigenen Grund. Die Frau will, dass er sich so schnell wie möglich von mir scheiden lässt, damit sie ihn ebenso schnell heiraten kann.

Sonja lachte und sagte: Eine typische Heirat unter Beamten. Alles, was sie zum Leben brauchen, befindet sich in der näheren Umgebung und kostet nicht viel.

War das bei dir auch so?

Am Anfang schon, sagte sie. Dann schaute sie über die Parkwiesen und schwieg. Auch hier hoppelten ein paar von Kindern verfolgte Hasen umher. Mich beschlich das Gefühl, Sonja wartete darauf, dass ich sie bat, bei mir einzuziehen.

Ich tat vor mir eine Weile so, als sei mein privater Schwebezustand bedroht. Ich wollte, dass wir das Thema wechselten, aber mir fiel nichts ein. Eigentlich wollte ich wissen, ob Sonjas Mann bei seiner Liebhaberin einziehen würde, aber ich mochte auch nicht neugierig sein und schwieg. Jetzt schaute ich über die Parkwiesen und dann in Sonjas Bluse. Sonja saß vornübergebeugt und beobachtete den Kellner. Sonjas Ausschnitt wirkte auf mich wie ein privates Schaufenster. Ich freute mich jetzt schon darauf, mit Sonja etwa zwei Stunden später gemächlich, schön und weich zu vögeln, wie wir es voneinander gewohnt waren. Aber es kam anders.

Du duckst dich gern weg, sagte sie überraschend.

Ich ahnte nur ungenau, was sie meinte, aber ich wollte entgegenkommend sein und sagte nur: Ja, geb' ich zu.

Fühlst du dich wohl dabei?

Schwer zu sagen, antwortete ich.

Deine Rückzugsgefechte führen nicht zu einem eigenen Leben, sondern höchstens zu einer Eigenbrötelei.

Mir war nicht klar, wie ausgerechnet sie als Finanzbeamtin von einem *eigenen* Leben reden konnte. Aber ich war viel zu verblüfft, um zu widersprechen.

Merkst du, wie die Eigenbrötelei mehr und mehr zu einer Abkapselung führt, sogar wenn wir im Bett liegen.

Das kann ich nicht nachvollziehen, sagte ich.

Und aus deiner Abkapselung tritt die Einsamkeit hervor und aus dieser ein vorzeitiges Altern.

Hast du diesen Satz auswendig gelernt, fragte ich.

Ich meine es ernst, sagte sie.

Ich hätte viel darum gegeben, wenn ich jetzt schon gewusst hätte, wie die nächsten Stunden verlaufen würden. Tatsächlich saßen wir inzwischen wie zwei fremde Skulpturen an einem Cafétisch und achteten darauf, dass wir uns nicht anschauten. Am Nebentisch erklärte eine Mutter ihrem Kind, was eine Monatskarte ist. Ich wurde ein Opfer des langsamen Zusammenfließens dieses Tags und dieser Stunde und des entfleuchenden Lebens.

Was denkst du? fragte sie.

Ich weigere mich, aus unserem Knatsch eine bedrohliche Situation zu machen.

Und wenn du dich irrst?

Ich wartete eine Weile und machte dann einen Versuch, Sonja auf die Schlichtheit des Wirklichen aufmerksam zu machen.

Seit Tagen wackelt mir ein Backenzahn hinten links, sagte ich. Die Bemerkung kam nicht gut an.

Du bist jetzt dreiundvierzig Jahre alt, sagte Sonja, du kannst doch nicht annehmen, dass der Taunus-Anzeiger die Endstation deines Lebens sein wird? Oder nimmst du das doch an?

Sonjas Druck empörte mich.

Seit wann glaubst du, mein Leben beurteilen zu müssen? fragte ich.

Weil aus deinem Leben langsam auch mein Leben wird, sagte Sonja; davor kriege ich Angst.

Du weißt doch, dass mich immer die Idee geleitet hat, dass aus meinem Leben eine Art Schonbezirk wird.

Aber du hast doch auch bemerkt, sagte sie, dass der Taunus-Anzeiger ein Friedhof für Lebende ist?

Das ist gut gesagt, sonst nichts, sagte ich.

Man muss sich doch nur diesen Schmidbauer anschauen! Und seine Beischläferin Beatrix! Und all die anderen! Der Taunus-Anzeiger ist ein offenes Grab!

Sonja nahm ihre Tasche, ihren Schlüsselbund und ihre Sonnenbrille, erhob sich und verschwand. Ich war verdutzt, blieb aber sitzen und schaute Sonja nach. An meiner reglosen Zunge erkannte ich meinen Schreck. Ich wäre auch gerne verschwunden, aber ich musste heute noch in die Redaktion. Es wunderte mich nicht, dass mir nach einiger Zeit Anita wieder einfiel. Ich war nicht sicher, ob sie mir böse war, meines langen Schweigens wegen, aber ich rechnete nicht damit. Anita war in einer norddeutschen Kleinstadt geboren und erzählte mir immer wieder dieselben Geschichten aus ihrem Leben. Wenn es wieder soweit war, sagte ich nur, das hast du mir schon achtmal erzählt. Sie war nur kurz irritiert und erzählte dann eine andere Geschichte, die ich ebenso gut kannte. Es kam von ihr niemals eine Retourkutsche. Sie hätte leicht zu mir sagen können: Ein Mann, der vögeln will, sagt auch immer dasselbe, mit und ohne Worte. Eine solche Reaktion war von ihr nicht zu erwarten, was mir ein bisschen leid tat, aber auch recht war. Auch ich wollte nicht kritisiert werden, schon gar nicht wegen einer Normalität, die ich mit vielen anderen Menschen teilte.

Ich zahlte und machte mich auf den Weg zum Taunus-Anzeiger. Auf der Straße sah ich eine Schere liegen. Ich blieb stehen und überlegte, wer sie verloren haben könnte. Ich bückte mich, schnitt mit der Schere zwei der oberen Ecken meiner Zeitung ab und empfand Freude, dass die Schere tadellos funktionierte. Beim Weitergehen erinnerte ich mich an meine Kindheit, in der ich oft etwas gefunden hatte, einen Stempel, einen Rasierpinsel, eine Perlenkette. Seit sich Sonja abgewandt hatte, spürte ich die Aufdringlichkeit eines möglichen Lebenskampfes, was mir peinlich war. Wenn ich richtig rechnete, kannten wir uns seit elf Jahren. Ich war sicher, dass wir uns morgen oder übermorgen wieder verabreden würden, aber immerhin wusste ich ein oder zwei Tage nicht, wo sie war, ob sie sich mit jemandem traf und was sie dachte. Das war beunruhigend genug. Der innere Zustand der Verlassenheit war zudringlich, weil kein Feind in der Nähe war und ich an meine Verlassenheit nicht glaubte. Trotzdem bebte mir zuweilen die Unterlippe, worüber ich erschrak. Wäre ich Mitglied eines Indianerstamms gewesen, hätte ich mich Bebende Unterlippe nennen können. Der Scherz zündete nicht, im Gegenteil, er war mir peinlich. Es war kein Zufall, dass mir Anita wieder eingefallen war. Auch Anita war ein älterer Liebesscherz, den ich mir nicht mehr erzählte. Mir blieb nichts übrig, ich musste Überwinder bleiben. Ich fürchtete, dass ich früher oder später beim Taunus-Anzeiger gekündigt würde und dann wie ein alter Schuh in meine früheren Verhältnisse zurückfiel. In der Redaktion tat ich nur das Allernötigste. Ich erschien praktisch nur noch am Spätnachmittag, redigierte in mürrischer Verschlossenheit die auf mich wartenden Artikel und belustigte mich im Beisein von Kollegen über meinen Chef. Ich seufzte und wartete, dass ich wieder mit Reden anfing. Das Leben hatte mich zum Dozenten meines Lebens gemacht. Sonntags roch die Redaktion wie ein altes Wohnzimmer. Eine Sekretärin schmierte nebenan ein Käsebrot und brachte mir und Schmidbauer je eine Hälfte. Ich verschlang das halbe Käsebrot und rieb mein rechtes Knie an einem Tischbein. Als ich mit dem Käsebrot fertig war, fragte die Sekretärin: Hat's gemundet?

Was? fragte ich.

Wenn meine Mutter vornehm sein wollte, hat sie gesagt: Hat's gemundet?

Es hat gemundet, sagte ich.

Meine Mutter sagte auch niemals Himmel, Arsch und Zwirn, sondern sie sagte Firmament, Gesäß und Bindfaden.

Beatrix lachte aus Höflichkeit.

Aber Zwirn hätte sie doch sagen können, sagte ich.

Aber sie wollte auch nicht daran erinnern, dass andere Leute Himmel und so weiter sagten.

Dann rief Sonja an und sagte mir, dass sie mich am Abend von der Redaktion abholen wollte. Ich freute mich, war aber auch erstaunt. Am Telefon verlor sie kein Wort über unsere Verstimmung. Die Technik des schnellen Vergessens erinnerte mich an die Ehe meiner Eltern und beunruhigte mich. Tauchte am Horizont allmählich die Ehe auf? Ich konnte nicht länger nachdenken, weil ich rasch arbeiten musste. Es kam nur selten vor, dass Sonja aus dem Zentrum anreiste, um mich nach Hause zu bringen. Später brachte mir ein Feuilletonredakteur einen Bildband mit Aktfotos und bat um eine kurze Rezension. Ich fragte mich, warum er gerade mir das Buch brachte, aber dann hatte ich es schon aufgeschlagen. Eine Frau hatte schöne große Brüste wie Sonja und die gleichen mageren Arme wie sie. Ich versuchte, eine halbe Seite zustande zu bringen, leider ohne Erfolg. Später sah ich auf die Straße hinunter. Ich erblickte Sonja, die am Rand des Gehsteigs hinter einem geparkten Auto wartete. Auf meinem Schirm erschienen die beiden letzten Artikel, die ich an diesem Abend zu betreuen hatte. Ich las sie rasch durch und korrigierte ein paar Fehler. Nach zwanzig Minuten nahm ich meine Sachen und verließ die Redaktion. Hinter dem Parkplatz umfasste mich Sonja und küsste mich heftig. Sie musste lachen und es kamen ihr dabei die Tränen. Ich erwarte ja immer irgendwelche Unglücke, sagte sie, aber dann stellt sich heraus, dass *meine* Phantasie die Katastrophe ist, sonst nichts. Im Lärm der Straße verlor sich der Drang, immerzu sprechen zu müssen. Die S-Bahn war halb leer. Wir setzten uns nebeneinander und flüsterten.